相模

Sagami

武田早苗

コレクション日本歌人選009
Collected Works of Japanese Poets

笠間書院

『相模』

目次

凡例

一、本書には、平安時代の歌人相模の歌を五十首載せた。

一、本書は、相模という歌人の和歌をその人生とともに味わえるよう配慮した。そこで、複数の家集のみならず、勅撰集などからも多角的に和歌を選択し、四季歌、恋歌、雑歌の順に配列した。

一、本書は、次の項目からなる。「作品本文」「出典」「口語訳」「鑑賞」「脚注」「略歴」「略年譜」「筆者解説」「読書案内」「付録エッセイ」。

一、テキスト本文と歌番号は、主として『新編国歌大観』（角川書店）に拠り、適宜漢字をあてて読みやすくした。

一、鑑賞は、一首につき見開き二ページを当てた。

相模

01

岩間《いはま》もる水にぞやどす梅の花こずゑは風のうしろめたさに

【出典】皇后宮春秋歌合・十一

岩の間からも流れ出す水に（その姿を）宿し（留《と》め）ている梅の花。梢は風が（吹きつけて花を散らすのが）気がかりなので。

この歌は、『栄花物語《*えいが》』「根合《ねあわせ》」巻にも載り、そこでは、二句目が「水にぞやどる」とあって、梅の花が主体的に水に宿っていると解釈できる。つまり、風により散らされるのが嫌《いや》なので、梅の花が、水面にその姿を映し留めているというのだ。これに対し、「やどす」だと、もう少し大きな力、たとえば自然の力がそれを行っている風情《ふぜい》となる。

風が花を散らすのを危惧《きぐ》するのは、桜を詠《よ》む際の典型的なもの。ここで、

*栄花物語―全四十巻からなる歴史物語。藤原道長の栄華を描いたもの。

*朝まだき…―朝早くおきて見たことだ、梅の花を。夜の間の風が（梅の花を吹き散らしたのではないかと）気がかりなので。（拾遺集・春・二九・元良親王）

梅の花としたのは、梅の題が与えられたばかりでなく、「朝*まだき起きてぞ見つる梅の花夜のまの風のうしろめたさに」を意識したためであろう。

「岩間」は、「言はまほし」と掛けたり、「言はまほし」を導くために用いられたりする場合が多い。「岩間もる」は現存初例。「岩間」の使用は、「*岩《いは》間《ま》にはこほりのくさび打ちてけり玉ゐし水も今はもりこず」が早い例。これを受けた、*和泉式部《いずみしきぶ》は「*春霞立つやおそきと山河《やまがは》の岩間をくぐる音聞こゆなり」と立春の解氷を詠じている。また、「*春風の空なるほどは梅の花こずゑこそなほうしろめたけれ」とも下句《しものく》が類似している。相模がこれらの先行例を参考にしつつ詠んだのがこの歌。

当歌は、*藤原寛子《ふじわらのかんし》が、在所の一条院で、天喜四年（一〇五六）四月三十日、父*藤原頼通《ふじわらのよりみち》の後援により催した歌合《うたあわせ》に出詠した一首。「歌合」とは、左と右に分かれて歌を詠みあい、優劣を付ける日本独自の知的遊戯。現在の相撲《すもう》のように「一番《いちばん》」「二番」と数える。この歌合は、左方が春を、右方が秋を担当し、双方異なる十八の題による九番と、左右とも同じ祝題を詠んだ一番からなる。全部で、十番、二十首の歌合。

*岩間には……―岩間には氷の楔を打ったのだった。（夏には）玉をなしていた水も今は（凍って）漏れてもこない。（後拾遺集・冬・四二一・曾禰好忠）

*和泉式部―平安時代中期の歌人。大江雅致の娘。『和泉式部日記』『和泉式部集』がある。

*春霞……―春霞が立つとすぐに山河の岩の間を流れる（解氷）音が聞えてくるようです。（後拾遺集・春上・一三・和泉式部）

*春風の……―春風が空にあるうちは、（散らすのではないかと）梅の花の梢がやはり心配だ。（義孝集・一〇）

*藤原寛子―長元九年（一〇三六）〜大治二年（一一二七）。後冷泉天皇の皇后。

*藤原頼通―正暦三年（九九二）〜承保元年（一〇七四）。道長の長男。

02

花ならぬなぐさめもなき山里に桜はしばし散らずもあらなん

【出典】玉葉和歌集・春下・二二九

花の他に慰めるものもない山里に、桜は少しのあいだ散らないであってほしい。

この歌は、家集では、いわゆる「*初事歌群《しょじかぐん》」に見える。「初事歌群」とは、相模が若年の頃、歌人としての修練のために、百首の歌を一気に詠《よ》むことを目指した作品。「*これは、まことにいはけなかりし、初《うひ》ごとに書きつけて、人に見せむこそあさましけれ」という*左注《さちゅう》により、現代になって命名されたもの。現存は六十五首のみで、これらが一つの纏《まと》まりをなして、家集に所載されている。

【詞書】春歌とて

*初事歌群―流布本相模集・五二八～五九二。

*これは、まことに…―これは本当に幼かった頃、（歌詠みの）初めての作として書き付けて、人に見せようなどというのはあさはかなことだ。

歌に詠まれた「山里」という語は、『*万葉集《まんようしゅう》』には見えない。『*古今集《こきんしゅう》』以後、冬には来訪者もいない寂しい場所として、あるいは雪深く春の訪れが遅い場所、さらには隠者が住む所などとして詠まれた。『*後拾遺集《ごしゅういしゅう》』で使用例が飛躍的に増加した。その背景には、山里生活への憧憬があったと言われている。この語は、相模を先達《せんだつ》として仰いだ*和歌六人党《わかろくにんとう》が好んで用いた。ただし、相模自身は、「山里」という語をほとんど用いてはおらず、家集では、「初事歌群」内のもう一首に見えるだけである。

相模の和歌は、『後拾遺集』の、主に恋部《こいのぶ》、雑部《ぞうのぶ》に多数入集した。以後の勅撰集でも多数採歌されるが、春部に採られたのは、実に十四番目の『*玉葉集《ぎょくようしゅう》』の当歌が初。この他には、『*続千載集《しょくせんざいしゅう》』に「*春の来《こ》し朝《あした》の原の八重霞《やへがすみ》日をかさねてぞたちまさりける」が採用されたのみであり、勅撰集において、相模の春歌に対する評価は高くなかったことが窺《うかが》える。というのも、天皇や上皇《じょうこう》の命令により作成された勅撰集は、国家事業で、集ごとに任命された撰者が編纂に携《たずさ》わる。撰者は、歌を選び、部立《ぶだて》と呼ばれるグループに分類し、その中で一首一首を並べる。このため、歌人によっては、歌が取られた部立に偏《かたよ》りがみられる場合がある。そしてそれは、おのずと歌人に対する評価ともなっている。

＊左注―和歌の左側に記された文章。
＊万葉集―八世紀頃に成立した日本最古の歌集。
＊古今集―延喜五年（九〇五）頃成立。下命は醍醐天皇。撰者は、紀貫之・紀友則・凡河内躬恒・壬生忠岑。
＊後拾遺集―応徳三年（一〇八六）成立。下命は白河天皇。撰者は、藤原通俊。
＊和歌六人党―十一世紀に活躍した歌人達。メンバーは流動的で、藤原範永・源頼実・藤原経衡・源為仲ら。
＊玉葉集―正和元年（一三一二）成立。下命は伏見上皇。撰者は、京極為兼。
＊続千載集―元応二年（一三二〇）成立。下命は後宇多上皇。撰者は、二条為世。
＊春の来し…―春が来た朝の原に八重霞が日を重ねるように（幾重にも）立ちまさっていることです。（春上・三五）

03

霞だに山ぢにしばし立ちとまれすぎにし春の形見とも見む

【出典】新勅撰和歌集・夏・一三七

霞だけでも山路に少しの間立ち止まれ。過ぎてしまった春の形見とでも眺めましょう。

【詞書】題知らず

霞は、『万葉集』では必ずしも春季のものという扱いではなかったが、『古今集』に至り、その到来を告げるなど、春を代表する景物となった。これを「形見」と詠んで、家集では「初事《しょじ》歌群」の春部末尾に置いた。霞が晩春の詠に用いられることは、珍しい。一方、『*新勅撰集《しんちょくせんしゅう》』ではこの歌を夏部の巻頭歌に据えた。「過ぎにし春」は、過ぎてしまった春のこと。それを晩春の回想とするか、初夏のものとするかは、受け手によって異なる。勅撰集の

*新勅撰集―嘉禎元年（一二三五）成立の第九勅撰和歌集。下命は後堀河天皇。撰者は藤原定家。

撰者も、鑑賞者の一人であり、作者の思惑と、読者の鑑賞とに相違が生じる場合のあることが分かる。

「形見」とは、現在では、もっぱら亡くなった人を思い出すためのよりどころとなる物を指す。和歌にも、失われた人を思い出す代替物を意味するものとして、『万葉集』から用例が見える。これが平安時代になり、形見により慰められる場合と、むしろ悲しみを増大させる場合のあることが意識され、詠み分けられるようになった。さらには、形見を求めようとしたり、形見によっては癒されないことを詠《うた》ったり、形見自体のはかなさを嘆いて詠まれるようにもなる。つまり、形見という語自体の持つ意味にさほど変化はないが、それを取り巻く心情を詠み分けるようになっていく。形見という語の有り様は、歌語や歌材が変遷する場合の典型的あり方を物語っている。

季節と形見を取り合わせて詠むのは、その季節を惜しむ情がなければ成立しない。「春の形見」「秋の形見」は双方とも『*拾遺集《しゅういしゅう》』にはじめて見える。これに対し、「夏の形見」「冬の形見」という語句は勅撰集には見出せない。

＊拾遺集―第三勅撰和歌集。十一世紀初頭の成立。花山院の親撰とも言われるが、詳細は不明。

04

見渡せば波のしがらみかけてけり卯《う》の花さける玉川の里

【出典】後拾遺和歌集・夏・一七五

見渡すと（川一面に立つ）波がしがらみを掛けている（ように見える）。卯の花が咲いている玉川の里は。

永承五年（一〇五〇）、後朱雀《ごすざく》天皇の妃《きさき》で、麗景殿女御《れいけいでんのにょご》と呼ばれた藤原延子《ふじわらのえんし》を主催者として催された*絵合《えあわせ》に提出された作。『後拾遺集《ごしゅういしゅう》』の詞書では延子の娘の正子内親王の主催とするが、実質的な主催者は、延子の父*藤原頼宗《よりむね》で、延子母娘のために行われたところから、両様の呼び名が生じたもの。当日の様子は、仮名で、行事の顛末《てんまつ》を記した「仮名日記」と呼ばれるものにより知ることができる。

【詞書】正子内親王の絵合せし侍けるかねのさうしにかき侍ける
〔正子内親王の絵合をしました銀の冊子に書きました歌〕

*絵合―左右に分かれ、絵の優劣を競う行事。絵には歌

「*見渡せば」は、高いところから眼下の景色を眺めて詠う場合の常套句であった。平安時代中期に、河原院文化圏《かわらのいんぶんかけん》と称されるグループの人々により、盛んに用いられた表現。河原院文化圏とは、源融《みなもとのとおる》の河原院を継承した安法法師のもとに集まった、曾禰好忠《そねのよしただ》・恵慶法師《えぎょうほうし》・源道済《みなもとのみちなり》ら文人・歌人たちの形成した交流圏のこと。当歌は実際の場に臨んで詠じたものではないが、小高いところに立ち、玉川が流れる里が白一色に染まっている景を眺めて詠った風情に仕立てている。

卯の花は、ウツギの異名。初夏に、小さな白い五弁《ごべん》の花が集まった花序《かじょ》をつける。垣根にもよく用いられた。見渡すかぎり卯の花により真っ白となった玉川の里を、あたり一面に掛け渡した*柵《しがらみ》のもとに立つ川浪の白さと同じだと見立てたもの。この相模の歌以後、玉川の里の卯の花が和歌に詠まれることとなった。

玉川の里は、「六玉川《むたまがわ》」と呼ばれ、井出（山城）、野路（近江）、野田（陸前）、玉川（摂津）、多摩川（武蔵）、高野（紀伊）が知られるが、当歌は摂津の玉川とするのが通説。

が添えられるのがつね。『源氏物語』に絵合巻があるものの、史実上では、これが最古とされる。

＊藤原頼宗―正暦四年（九九三）〜治暦元年（一〇六五）。道長の次男。右大臣。歌、音曲、香道にも秀でていた。

＊見渡せば―漢詩文からの影響が強い歌句で、十世紀に注目を集めた表現。

＊柵―川などの水中に複数の杭を打ち並べ、そこに雑木や竹などを横にして置き、水流をせき止めたもの。

05

五月雨《さみだれ》は美豆《みづ》の御牧《みまき》のまこも草刈り干すひまもあらじとぞ思ふ

【出典】後拾遺和歌集・夏・二〇六

五月雨（が降り続くの）で、（いつでも水が満つという名を持つ）美豆の御牧（には本来放牧されるはずの馬も出されず、あたり一面）の真菰《まこも》草（が生い茂っているの）を刈り干すひまもあるまいと思う。

【詞書】宇治前太政大臣家にて卅講の後、歌合しはべりけるに五月雨をよめる

〔宇治前太政大臣家で三十講があった後、歌合をしました折に五月雨を詠んだ歌〕

「美豆」は、今の京都市伏見区淀美豆《よどみず》町から久世《くぜ》郡久御山《ひさみやま》町あたりの地。ここでは、「水（満つ）」との掛詞。

「五月雨」は、陰暦五月に降る長雨で、現在の梅雨《ばいう》のこと。従来は、物思いを誘発するようにしとしと降ると詠むのが一般的であった。が、この歌では、かなり激しく降り続く雨を意味する。優雅な御牧のはずなのに雨が降り続き、馬さえも放たれない。そのせいで*真菰草《まこもぐさ》が一面に生い茂っている。沼

*真菰草――イネ科の多年草で、

のようになった牧場、うっそうと繁茂した真菰草に、雨は容赦なく叩きつける。従来の詠み方から外れ、危うく優美な世界からは逸脱してしまいかねないところを、「五月雨」「美豆の*御牧《みまき》」という雅《みやび》な語に支えられ、それを免れている。さらに下句《しものく》では、刈り干すこともできないと、その景観を溜息混じりに眺めている詠者の立場を明らかにして、新しい五月雨詠の世界を提示した。当歌が披露されると、「*殿中鼓動《でんちゅうこどう》、郭外《かくがい》に及」んだと『*袋草紙《ふくろぞうし》』は伝える。この歌が高い評価を得たことで、相模は以降、歌合《うたあわせ》への招聘《しょうへい》が頻繁となり、大歌人への道を歩むこととなった。

　この歌は後出の12と、季節を異にするものの、長雨であること、「刈り干す」の語が用いられることが共通している。実体験から詠出された歌が、時を経たことで、歌人の内部で洗練された典型的な例と言えよう。

　この歌は、藤原頼通《よりみち》が、*三十講を行わせ、終了後、歌合を行った折に提出された。開催場所にちなみ「賀陽院水閣歌合《かやのいんすいかくうたあわせ》」と称されることが多い。また、頼通は、当時、左大臣であったため、「関白左大臣頼通歌合《かんぱくさだいじんよりみちのうたあわせ》」と称されることもある。

水辺に群生する。刈り取って筵《むしろ》など生活の具とした。

*御牧―朝廷に献上する馬を飼育している御料牧場。

*殿中鼓動…―建物全体が人々の驚嘆の声により揺れ動き、それはさらに建物の外にまで鳴り響いた。

*袋草紙―藤原清輔著の平安末期の歌学書。二条天皇に進覧。

*三十講―法華経などの経典三十巻を一日一巻ずつ三十日間説くこと。法華三十講。

06

五月雨《さみだれ》の空なつかしくにほふかな花《はな》橘《たちばな》に風や吹くらん

【出典】後拾遺和歌集・夏・二一四

五月雨の空に心惹かれるほどに薫ることだ。橘の花（のあたり）に風が吹くからだろうか。

【詞書】花橘をよめる

どこからともなく漂《ただよ》ってきた芳香《ほうこう》に、その在《あ》り処《か》を探すかのごとく、ふと空を見上げ、それが風のしわざと推量する。無意識に近い、一瞬の心の動きを巧《たく》みに捉えた一首。

「五月雨の空」とは、五月雨が降る頃の空のことで、現在の梅雨空《つゆぞら》を意味する。本来なら降り続く長雨にうんざりするはずであるのに、柑橘《かんきつ》系の香により、「なつかし（心惹かれる）」という感情を抱いている。現代のアロマテラピーにも通じる、香りの摩訶《まか》不思議な作用が詠まれているのは面白い。このように、花の香が和歌によく詠み込まれるようになるのは、平安時代に入ってからである。

花橘は、橘の花のこと。橘は、初夏に芳香を漂わせて、五弁の白色の花を咲かす。ミカン科で、枝には棘《とげ》があり、秋には実が黄色に熟すが、酸味が強く食用ではなかった。『万葉集《まんようしゅう》』以来、和歌に詠まれる代表的な植物の一つで、平安時代以降は、もっぱら花やその香が詠まれるようになる。「*五月《さつき》まつ花橘の香をかげば昔の人の袖の香ぞする」のように、その香が懐旧《かいきゅう》の念をかきたてると詠まれることが多く、当歌のような詠みぶりはまれ。

相模は、漢詩文的な世界を和歌に積極的に取り込もうとした歌人でもある。この一首は、「*枝ニハ金鈴《きんれい》ヲ繋《か》ケタリ春ノ雨ノ後《のち》。花ニハ紫麝《しじゃ》ヲ薫《くん》ズ凱《がい》風《ふう》ノ程《ほど》」を参考にした可能性が高い。五月に花橘の芳香を運ぶ風を詠った同時代歌人の作として、「*五月闇花橘に吹く風はたが里までかにほひゆくらん」がある。

*五月まつ……—五月を待って（咲く）橘の花の香を嗅ぐと、昔の（親しくしていた）人の袖の香（が漂っているような気）がした。（古今集・夏・一三九・よみ人しらず）

*枝ニハ……—春雨の後には枝に金色の鈴をかけたよう。初夏の南風で花は麝香《じゃこう》のような良い香り。（和漢朗詠集・花橘・一七二・中書王）

*五月闇……—五月の闇の夜、花橘（の枝のあたり）に吹く風は誰の里まで（その）香りを漂わせていくのだろうか。（詞花集・夏・六九・良暹法師）

07

聞かでただ寝なましものを時鳥《ほととぎす》なかなかなりや夜半の一こゑ

【出典】新古今和歌集・夏・二〇三

聞かないで寝てしまったらよかったのに、時鳥（の声）を。（聞いたためにかえって）中途半端な気持ちだ、夜半の一声は。

【詞書】題知らず

時鳥《ほととぎす》の鳴き声を聞きたい聞きたいと願い、待ち焦《こ》がれてとうとう夜中になってしまった。焦がれ焦がれてやっと一声聞けたのもつかの間、あまりのあっけなさに、中途半端な気持ちだけが残る。焦がれ続けたその気持ちと、思いがかなったにもかかわらず満足できなかった物足りなさを、巧みに表現している。

*流布本《るふぼん》『相模集《さがみしゅう》』では、「時鳥の声をまさしく聞きて」と、臨場感溢れる

*流布本『相模集』—長元七

詞書が付されている。歌中で時鳥の「一声」「二声」という語がさかんに詠み込まれるようになるのは、平安時代の中期頃からである。

時鳥は、全長二十八センチほどの鳥。夏に飛来し、秋に南方に帰る渡り鳥。鳴き声は、「テッペンカケタカ」、「特許許《とっきょきょ》可局《かきょく》」などと真似る。『万葉集』の時代からその鳴き声が賞美され、多数の和歌に詠まれてきた。『古今集』夏部では、所収された和歌のほとんどに時鳥が詠み込まれているほどである。春を告げる鶯《うぐいす》が昼間鳴くのに対し、時鳥は夜に鳴く鳥とされ、当時は、人よりも早くその鳴き声を聞くのが風流とされ、それを競い合っていた節がある。

『枕草子《まくらのそうし》』「五月の御精進《みさうじ》のほど、職《しき》に」の段は、＊清少納言《せいしょうなごん》の提案をきっかけに、女房たちが集団で時鳥の声を聞くために出かけていった折のことを記したものである。集団で遠出を許されたにもかかわらず、誰一人歌を詠まずに帰って来たため、中宮にお叱りを受ける。これに続き、清少納言が和歌を詠みたがらないのは、歌人として著名な父元輔《もとすけ》の名を意識するからだという話へと展開していく。

年（一〇三四）頃に成立した、相模本人が編んだという家集。他の三種類の小家集と区別するために、このように呼ぶのが慣例。

＊時鳥の……―時鳥の声をたしかに聞いて。

＊清少納言―平安時代中期の文学者。清原元輔《きよはらのもとすけ》の娘。『枕草子』の作者。中宮定子に出仕した。

08

下《した》紅葉《もみぢ》ひと葉づつ散る木《こ》の下《もと》に秋とおぼゆる蟬《せみ》の声かな

【出典】詞花和歌集・夏・八〇

下方の紅葉が一葉ずつ散る木の下で、秋（が来た）と（早くも）感じられる蟬の声であるよ。

蟬は『万葉集』から用例が見え、「*あけたてば蟬のをりはへなきくらし夜《よる》は蛍のもえこそわたれ」と、その鳴き声が恋心を駆り立てるものとして詠われたり、「*蟬の羽《は》の夜《よる》の衣《ころも》は薄けれど移り香濃くも匂ひぬるかな」と、羽の薄さから衣などの薄さを譬《たと》えるのに用いられたりすることが多い。

『古今集』『後撰集』『拾遺集』の四季部《しきのぶ》、つまり季節の歌が所収されている部立では、蟬は夏部《なつのぶ》に見える。相模の歌も巻末付近ではあるものの、夏部

【詞書】題不知

*あけたてば……——（夜が）明けると蟬が（鳴くように私も）一日中泣きくらし、夜になると蛍が（その火を燃やすように私も恋心を）燃やし続けています。（古今集・恋一・五四三）

に置かれた。ちなみに「蟬」題の初例は、正暦四年（九九三）「*帯刀陣歌合《たちはきのじんのうたあわせ》」で、ここでも、夏のものとして詠われている。

家集に戻ってみると、当歌は、「蟬の声」を題として詠まれたと詞書にみえる。しかも周辺に位置する他の題との関わりからすると、秋の題として設定されたことが判明する。夏の蟬に対し、「秋の蟬」は、平安時代によく読まれた中唐の詩人、白居易《はくきょい》の『白氏文集《はくしぶんしゅう》』にある「*嫋嫋《でうでう》タル秋風ニ、山ノ蟬鳴キテ宮樹《きゅうじゅ》紅《くれなゐ》ナリ」に代表されるように、漢詩文世界のもの。この歌も、「*蟬黄葉《こうえふ》ニ鳴イテ漢宮《かんきゅう》秋ナリ」を踏まえ、秋の到来を感じるものとして蟬の声を詠んだ。相模が漢詩文的な世界を意欲的に和歌に取り込もうとした姿勢がうかがえる。

また、この歌は、*藤原定家《ふじわらのさだいえ》の「*峰に吹く風にこたふる下紅葉一葉の音に秋ぞ聞ゆる」の本歌となっている。「本歌取り」は、和歌の代表的な技法であり、古くから行われていたが、理論的に確立したのは藤原定家。古歌の一節を利用して、新しい和歌を創造しつつ、その古歌の世界をも想起させる手法。ここでは、定家が本歌とした点に注目したい。というのも、本歌は、広く知られた秀歌でなければならないからだ。理論を確立した定家自身が本歌としたということは、この相模歌を高く評価していたことの表われでもある。

*蟬の羽の……—蟬の羽のように夜（着る）衣は薄いけれど、移り香は濃く薫っております。（古今集・雑上・八七六）

*帯刀陣歌合—皇太子を護衛した武官の詰め所での歌合。

*嫋嫋タル秋風……—たおやかな秋風に山蟬が鳴いて、宮殿の樹木は紅になった。（巻四・一四五・驪宮高）

*蟬黄葉ニ鳴イテ……—蟬が黄色の葉に（とまって）鳴いて、漢の（都の）宮殿は秋となった。（和漢朗詠集・蟬・一九四・許渾《きょこん》）

*藤原定家—応保二年（一一六二）～仁治二年（一二四一）。歌人・歌学者。俊成の息。

*峰に吹く……—峰に吹く風に応えるように、（木の）下方で紅葉した一葉の（立てる）音に、秋（というもの）が聞えることです。（拾遺愚草・秋・二三三〇）

09

手もたゆくならす扇《あふぎ》のおきどころ忘るばかりに秋風ぞ吹く

【出典】新古今和歌集・秋上・三〇九

（あまりの暑さに）手もだるいほど慣れ親しんだ扇の、置いたところを忘れるほどに（涼しい）秋風が吹いている。

【詞書】題知らず

扇は男性も使用するが、女性は、正装した際の必需品である。冬物と夏物とがある。前者は檜《ひのき》を細い板状にして綴じた檜扇《ひおうぎ》で、装身具的な意味合いが強く、時に顔を隠すのに用いた。後者は蝙蝠《かわほり》扇で、竹や木を骨とし、それに地紙を貼ったもの。蝙蝠《こうもり》が羽を広げた姿に似ているところから生じた名称とされ、現代では扇子《せんす》と呼ばれるものに該当する。

京都の夏は暑い。冷房どころか扇風機さえもない時代。夏の扇は、風を起こす道具として、実用的な働きを求められた。

手がだるくなるほど扇を使い、風を起こして酷暑をどうにか乗り切ったのだろう。肌身離さずにいたのに、秋風が吹いて、用がなくなった途端、扇をどこに置いたのかさえ無関心。果ては置いた所も忘れてしまう有り様である。「*秋来《き》ぬと目にはさやかに見えねども風の音にぞおどろかれぬる」に代表されるような、秋の到来を風で感じる伝統的な詠みぶりを想起させる一方で、無用な扇に無関心となった人間の一面を見事に言い当てている。

「あふぎ」は、「逢《あ》ふ」に通じることから餞別《せんべつ》の品としても用いられ、和歌にも詠まれたが、季節詠では、夏歌に用いられるのが一般的。初句は、「*手もたゆく扇の風もぬるければ関のし水にみなれてぞゆく」によったものだが、これも夏のもの。一方相模は、この歌の他にも「秋の扇」を繰り返し詠っていることから、*班婕妤《はんしょうよ》の故事を意識して「扇」という語を用いていたようだ。

この歌は、季節の「秋」に、我が身の「飽《あ》き」を重ねて解釈されることも多い。だが、出典にあるように、『新古今集』の秋部に入集し、家集でも「早秋」に位置していることからして、季節詠として読むべきであろう。


*秋来ぬと……——秋が来たと目ではっきり分からないけれど、風の音に（秋が来たことが分かり）驚かされることです。（古今集・秋上・一六九・敏行）

*手もたゆく……——手がだるいほど（あおいでも）扇の（おこす）風もぬるいので、関の清水に浸っています。（好忠集・一五四）

*班婕妤——中国、漢時代の女官の名。成帝の寵愛を受けた。が、後にそれを失い、嘆き悲しんで「怨歌行」（『文選』）を作った。詩中に、秋になり捨てられる扇に我が身を譬え、「秋風団扇」とある。日本では文人たちが好んで用いた題材で、『和漢朗詠集』などにも「班女」「班姫」の語が見える。

10

ほどもなくたちやかへらむ七夕《たなばた》の霞の衣《ころも》波にひかれて

【出典】流布本相模集・二二

まもなく立ち返るのでしょうか。織女星の（着ている）霞の衣が波にひかれて（しまうので）。

【詞書】小一条の院に、和歌十首、人のもとによみしを見て、しのびて心みむと思ひしかども、まねぶべくもあらずこそ、七月天の川を渡る

〔小一条院（の歌会）で（披露される）、和歌十首を、（ある）人のもとで

『古今集』以後、「霞」は春の歌語《かご》であったが、ここでは七夕《たなばた》と取り合わされていて、季節は秋。下句は、「去衣《＊きよい》浪ニ曳《ひ》イテ霞湿《うる》フベシ。行燭《かうしよく》流レニ浸《ひた》シテ月消エナムトス」を意識したもの。

この歌の題は、歌会のもの。この歌の載る家集の同じ歌群には、「秋と聞ゆる蟬の声」（相模集・三二）と、夏季に用いられるはずの蟬を秋のものとして詠っている歌もみえる。「叢《くさむら》の露玉に似たり」（相模集・二四）という

結び題もあり、歌会ではあるが、漢詩文に嗜《たしな》みのある人達が参集したもので、漢詩文的香りが漂っていたようだ。そのため、題も歌の詠みぶりも漢詩文の世界を意識したものとなっている。ただし、詞書にあるように、相模自身は、この歌会に出ていない。相模が、これらの情報を得たのは、彼女に文学的な影響を与えた、母方の叔父の*慶滋為政《よししげのためまさ》であろうと推測される。

「七夕」は、織姫《おりひめ》のみを意味するのが一般的で、当歌の場合も霞の衣を身に纏《まと》って天の川を渡ったのは織女《しょくじょ》星。右に挙げた*菅三品《かんさんぽん》の句の持つ、幻影的な世界を取り込みながら、波に曳かれて、帰らざるを得ない織女星の心残りを暗示する。

『*新撰朗詠集《しんせんろうえいしゅう》』にも「今宵織女天河ヲ渡ル」（秋　七夕・白居易）とあるように、中国での七夕伝説は、織女が壮麗な車列をしたてて渡る。これに対し、平安時代の和歌では、天の川を渡るのは牽牛《けんぎゅう》とするのが一般的であった。「*一年《ひととせ》にただ今宵こそ七夕の天の河原も渡るてふなれ」と、織女星が渡るのを詠んだ例もあるが、これは「句題《くだい》和歌」と言い、漢詩の一部を題にして詠んだからである。

詠んであったのを見て、こっそり試してみようと思ったけれども、真似られるはずもなく（と思いつつ、題は）、「七月天の川を渡る」〕

＊去衣……―織女星の衣を波に曳いて（渡る折）霞の衣も濡れるだろう。（道行の）燈火も（川水の）流れに濡れて消えようとしている。（和漢朗詠集・七夕・二一六・菅三品）

＊慶滋為政―平安中期の漢詩人、歌人。万寿元年（一〇二四）まで生存。

＊菅三品―菅原文時のこと。昌泰二年（八九九）〜天元四年（九八一）。菅原道真の孫。

＊新撰朗詠集―藤原基俊撰。朗詠に適する詩文や和歌を集めた集。

＊一年に……―一年にただ（一度）今宵だけ、織女星が天の川も渡るということです。（千里集・四〇）

11

秋の田になみよる稲は山川《がは》の水ひきうゑし早苗《さなえ》なりけり

【出典】後拾遺和歌集・秋下・三七〇

秋の田に（まるで波が寄せるように）居並んでいる稲は、山川の水が引き（抜いて移し）植えた（あの小さな）早苗でした。

【詞書】土御門右大臣家歌合《つちみかどうだいじんけのうたあわせ》に秋の田をよめる
（土御門右大臣家の歌合に「秋の田」（という題）を詠んだ歌）

この歌は、『後拾遺集《ごしゅうい》』に相模の作として載るが、歌合《うたあわせ》*証本《しょうほん》では*源頼家《みなもとのより》《いえ》の詠とする。頼家は、寛弘三年（一〇〇六）生まれと推定されており、相模よりもかなり若く、相模の代作とみるのが通説となっている。

黄金色に実った稲が波打つ様を眼前に見ながら、実はそれは（旧暦）五月頃、苗代で育てた小さな苗を、田に移し植えたものであったと再認識したことを詠った一首。時の流れの速さを稲の成長にみるこの発想自体は、*「きの

＊証本―信頼にたる確かな本。

＊源頼家―生没年未詳。相模

ふこそ早苗とりしかいつのまに稲葉そよぎて秋風の吹く」を受けたものである。だが、単なる二番煎《せん》じではない。たわわに実った稲が、その重くなった穂を垂らしてゆらゆらと揺れる様《さま》を、波がうち寄せる様と重ねて描写した点は秀逸。これは、現代でも通行するイメージだが、当時にあっては、珍しい詠いぶりであった。先行歌としては、わずかに「＊風吹けば門田《かどた》の稲もなみよるにいかなる人かすぎてゆくらん」があるが、これは単に序詞《じょことば》として用いられたもの。「序詞」とは、原則七音以上で、ある語や句を導きだすために用いられる句。枕詞は修飾される語との関係が固定的であることが多いのに対し、序詞は一回的である場合が多い。

詞書にある「土御門《つちみかど》右大臣《うだいじんの》家《いえの》歌合《うたあわせ》」は、長暦二年（一〇三八）九月十三日のもので、主催者＊源師房《みなもとのもろふさ》は、この時はまだ右大臣ではなかった。右大臣となったのは、延久元年（一〇六九）のこと。歌合資料が整理された時点で、「土御門右大臣」というのちの呼称が被せられたのであろう。

の父とも伝えられる源頼光の息。和歌六人党の一人。

＊きのふこそ……―昨日、早苗を（苗代から）取り植えたのに、早くも稲葉がそよぐ秋風が吹いたことです。（古今集・秋上・一七二・読み人しらず）

＊風吹けば……―風が吹くと門の前にある田の稲も波が立ったように寄せるのに、どのような人が（立ち寄りもせずに）素通りしていくのでしょうか。（和泉式部集・三二六）

＊源師房―寛弘五年（一〇〇八）～承暦元年（一〇七七）。村上天皇の皇子具平《ともひら》親王の息。日記『土右記《どゆうき》』がある。

12

雨により石田の早稲《わせ》も刈り干さで朽《く》たし果てつる頃の袖かな

【出典】流布本相模集・七八

雨により石田（の荘園）の早稲も刈り干さないで、（すっかり）朽ち果ててしまった頃の（稲と同じように涙にくち果てた我が）袖よ。

詞書によれば、収穫時期に長雨で稲刈りができずに困っている使用人達の会話を耳にした折の作。「早稲《わせ》」は、「晩生《おくて》」と対義語で、早く実る稲のこと。

歌中の「石田」は、山城国《やましろのくに》、現在の京都市伏見区石田にあった大江家先祖伝来の主要な荘園。使用人たちは、それなりに仕事に熱心に取組んでいるからこその発言なのだが、それを詞書で語るに際し、「軒の玉水数知らぬ」と書き出しているのには、注意したい。「玉水」は、水に「玉」という美称

【詞書】軒の玉水数知らぬまでつれづれなるに、「いみじきわざかな、石田のかたにもすべきわざのあるに」と、おのが心心に、賤のをのいふかひなき声にあつかふも耳とまりて
〔軒の玉水が数知らぬほどに落ち、何もすること

を冠した、雅《みやび》な表現。「*雨やまぬ軒の玉水数知らず恋しきことのまさる頃かな」などの先行例もあるように、もっぱら歌中で用いられた。

三句目までが序詞で、早稲と袖の双方が朽ちてしまったことを意味した掛詞「朽たし果てつる」を導く。この序を意味がない無心《むしん》の序と考えれば、単に「朽たし果てつる」を導くだけのものとなる。だが、意味を持つ有心《うしん》の序と解せば、雨で早稲を刈り取れないのを嘆き、農作物を心配する使用人たちの、現実的で、ある種健全な悩みを意識しながらも、長雨で恋しい想いがつのり涙で袖が朽ちたと、優雅ではあるが、自己中心的で、生産性のない恋の苦悩を自嘲《じちょう》的に捉えたものとなる。近接していながら、心情的にあまりに隔たっている二つの世界をあえて提示してみせた歌と解しておきたい。

家集にはこの歌の前後にも長雨で困っている様《さま》が見え、詞書が伝える事情は実際のことであろう。作歌の契機についても信じてよさそうだ。農作物に大きな影響を与えたこの長雨は、『*小右記《しょうゆうき》』などの史料類から、長元元年(一〇二八)の八、九月頃と推測される。これは、相模が夫公資《きんより》と離縁に至ったと想定される時期とも重なる。とすれば、実際の長雨のもと、鬱々《うつうつ》としていた相模の苦悩が色濃く投影した一首と見てもよいであろう。

ができずにいると「ひどいことだ。石田の方でもすべきことがあるのに」と思い思いに、下衆たちがどうしようもないという声音で話しているのも耳に止まって、詠んだ歌〕

*雨やまぬ……―雨がやまない(ので)軒の玉水が数限りないように、恋しさがこの上もなくまさる頃ですよ。(後撰集・五七八・兼盛)

*小右記―藤原実資《さねすけ》の漢文日記。道長・頼通父子、すなわち藤原氏全盛期の世相をよく伝える。

13 暁《あかつき》の露は涙もとどまらで怨《うら》むる風の声ぞ残れる

暁の（頃に草葉に置いた）露はもとより、涙も（袖に）とどまらないで、怨むような（激しい）風の音だけが残っています。

【出典】新古今和歌集・秋上・三七二

この歌を、『*新古今集《しんこきんしゆう》』は「題知らず」として載せるが、流布本『相模集』では、「*文月《ふづき》の八日暁に、風のあはれなるを、昨日《きのふ》の夜よりといふことを思ひいでて」と詞書を付す。ここに見える「昨日の夜より」は、延長六年（九二八）十一月内裏屏風詩《だいりびようぶし》として詠まれた詩の一節で、『*和漢朗詠集《わかんろうえいしゆう》』に所載されている「*風ハ昨夜《さくや》ヨリ声イヨイヨ怨ム。露ハ明朝ニ及ンデ涙禁ゼズ」に見える。眼前の暁の風情から、これを思い起こして、詠んだ一首であろう。

【詞書】題知らず

*新古今集―第八勅撰和歌集。下命は、後鳥羽上皇。撰者は、源通具《みなもとのみちとも》・藤原有家《ふじわらのありいえ》・藤原定家《ふじわらのていか》・藤原家隆《ふじわらのいえたか》・藤原雅経《ふじわらのまさつね》・寂蓮《じやくれん》の六名。元久二年（一二〇五）に一旦成立。だが、承久三年

このように、漢詩の一部を題として、その世界を和歌に詠むことを「句題和歌《くだいわか》」という。句題和歌は、漢詩の翻訳的色彩が濃い。

家集の詞書に「文月の八日」とあったように、七夕が逢瀬《おうせ》を持った翌朝の別れの悲しみが「怨むる風の声」に重ねられている。これに対し、『新古今集』では、歌が置かれた位置からして、七夕とは無縁のものとして扱っている。このため、初秋に吹き、季節の到来を告げる風とは異なり、冬の到来をも予感させるような秋風の凄みが際立《きわだ》ち、いっそう物悲しさが漂う一首となっている。この歌も、鑑賞する者や、詞書や配列の状況などにより、その心情が異なって解釈される例である。

「暁」とは、「あかとき」から転じた語で、陽が昇る前の薄暗い頃を言う。これに続き、陽が昇る前に空が明るくなってきた頃の「しののめ」、その後、陽が昇る頃の「あけぼの」、さらに明るくなった「朝ぼらけ」と、それぞれ区分して用いる。

(一二二一)の承久の変の後、隠岐に遷幸した後鳥羽上皇により、切り継ぎが行われ、いわゆる隠岐本《おきぼん》が作成された。

*文月の……―七月八日の暁に風がしみじみと吹いたのを、「昨日の夜より」という(詩があった)ことを思い出して(詠んだ歌)。

*和漢朗詠集―藤原公任撰。朗詠のための漢詩、和歌を集めたもの。

*風ハ昨夜ヨリ……―風が昨夜からしきりに吹いてその音が(七夕の)怨みをますますつのらせる。露は翌朝まで置くように(七夕の)涙をおさえることはできない。(和漢朗詠集・秋・七夕・二一五・大江朝綱)

14

都にも初雪降れば小野山《をのやま》のまきの炭窯《すみがま》焚きまさるらん

【出典】後拾遺和歌集・冬・四〇一

都にも初雪が降ったので、小野山のまきの炭窯はいっそう（まきを）焚いていることでしょう。

【詞書】永承四年内裏歌合に初雪をよめる

京都の冬はしんしんと冷える。特に雪が降ると、その寒さは格別である。暖房と言えば唯一、炭に頼る程度の平安時代。しかも都で初雪が降ったとなれば、山はさらに寒いに違いない。今頃は本格的な冬に備え、どんどん薪をくべて、炭を焼いているだろうと、山の生活を思いやったもの。もちろんできた炭は、売るのである。

里にいて、山の寒さを思いやる歌としては、『古今集』の「夕*されば衣手《ころもで》

*夕されば……─夕方になる

寒しみ吉野の吉野の山にみ雪降るらし」などが早い例。当歌には「寒し」などの語句はないものの、雪が降る際の底冷えを背景において、さらに本格的な冬への備えを急ぐ、山に住む人々の姿を想起させる。

小野山とは、小高い山野の意で、本来固有名詞ではないが、当歌でのそれは、山城国《やましろのくに》愛宕《あたご》郡《ぐん》小野《おの》郷《ごう》、現在の京都府左京区の上高野から大原あたりを言う。小野は、炭焼きの地であり、*曾禰好忠《そねのよしただ》も、「*み山木を朝な夕なにこりつめて寒さをこふる小野の炭焼き」などと詠じている。小野の語はないが、「*大原やまきの炭窯《すみがま》冬来ればいとどなげきの数やつもらむ」とは、「まきの炭窯」の語が一致しているだけでなく、冬の到来を意識するなどの心情も類似しており、当歌を詠むにあたり、参考にしたようだ。「まき」は、真木で、木の総称。

「小野」と「炭窯」という語が一首の中に詠みこまれたものとしては、この歌が現存初例であり、以後「小野の炭窯」と一続きで歌中で用いられたり、題になったりした。

と、衣の袖（あたり）が寒い（と感じられる）ので、吉野の山に雪が降ったようだ。（冬・三一七・読み人しらず）

＊曾禰好忠―平安中期の歌人。初期百首歌の創設で知られる。『曾丹集』がある。

＊み山木を……―山の木を朝に夕に切りためて、寒さを心待ちにする小野の炭焼き（の人々）よ。（拾遺集・雑秋・一一四四）

＊大原や……―大原のまきの炭窯は冬が来ると、たいそう（窯に）投げ（入れる）木の数が積もるように、（私の）嘆きの数も積もるのだろうか。（好忠集・三三五）

15

あはれにも暮れゆく年《とし》の日数《ひかず》かなかへらむことは夜のまと思ふに

【出典】千載和歌集・冬・四七一

しみじみと暮れていく年の日数（は数えるばかり）となった。年があらたまるのは、一夜のうちと思うと（感慨深い）。

【詞書】年の暮れの心をよめる

歳暮《せいぼ》の歌。上句では、残り少なくなった年内の日《ひ》にちをいとおしむように数えながら、その年のできごとをしみじみと振り返る歳末の心情を詠う。下句では、一年という時間には重みがある一方、一夜のうちに新しい年となってしまうあっけない感じをも巧みに捉えている。

「あはれに」は、様々に心が動いたさまを表す形容動詞。ここではしみじみと歳末の感慨に耽《ふけ》る心情を意味している。というのも、当時は、年が暮れ、新しい年を迎えることは、一つ年をとることでもあったからだ。現代のように誕生日にではなく、新年になると、皆揃って一歳、年を加えた。このため、歳末に我が身の老いを再確認し、老いを嘆く心情もよく詠われた。

この歌は、『千載集』に入集する以前に、『*続詞花集《しょくしかしゅう》』『新撰朗詠集《しんせんろうえいしゅう》』にも採られている。だが、相模の家集に見えないだけでなく、現存の他の資料にも見えず、出典不明。詞書からすれば、題詠であったようだ。数種ある相模の家集は、歌合に提出した歌を所載しない。これは、相模が家集を纏めた段階では、歌合などへ招聘《しょうへい》されたことがほとんどなかったのと関係している。相模は家集を纏めた後に注目を浴び、歌合などへも招かれるようになり、活躍した歌人であるからだ。このため、歌合に出詠した歌を家集は収めてはいないし、後に増補するということもしていない。だが、そうであっても、歌合を主催した側で記録して残っているものも数多くある。この歌がどのような状況で詠まれたものか、詞書からはまったくそれを推測することはできないが、勅撰集や私撰集類が所載できたことからすれば、何かしらの資料を基にしたはずである。以上からしても、現在知りうる資料が限られていることを実感せずにはいられない。

＊続詞花集—藤原清輔編。下命を受け、勅撰集として編み始めたが、永万元年（一一六五）二条天皇が崩御し、私撰集となった。

16

逢《あ》ふことのなきよりかねて辛《つら》ければさてあらましに濡るる袖かな

【出典】後拾遺和歌集・恋一・六四〇

逢瀬を持つ前から（あなたが）冷淡な（態度な）ので、それゆえこれから先のことを思って（涙で）濡れる袖であることよ。

相模が*大江公資《おおえのきんより》と再婚したのは、長和二、三年（一〇一三〜四）頃。治安元年（一〇二一）に公資が*相模国《さがみのくに》に下向する際には、先妻を差し置いて、相模は妻として伴われた。相模守《さがみのかみ》の任期が満了したのは万寿二年（一〇二五）で、夫婦は共に帰京を果たす。この年の秋頃に、*藤原定頼《ふじわらのさだより》は正妻と不仲となり、妻子のもとを一人去って、実家の四条宮邸に戻った。これらと前後して、相模と定頼との仲が、恋愛に発展したものと想像されている。だが、長くは続かなか

【詞書】公資にあひぐしてはべりけるに、中納言定頼忍びておとづれけるを、ひまなきさまをや見けむ、たえまがちにおとなひはべりければよめる

〔公資に連れ添っていました折に、中納言定頼が忍んで訪れたにもかかわ

った。

「逢ふ」は、単に「会う」、つまり、互いに顔を合わせるという意にとどまらない。男女の仲で用いられた場合は、逢瀬をもつことを意味している。「あらまし」とは、前もって未来を予想する意。不仲とは言え、お互いに配偶者があり、しかも、身分的な懸隔《けんかく》もあって、二人の恋が結婚などという形で成就《じょうじゅ》することはありえない。相模もこれを重々承知している。前途多難である二人の関係に悩みつつ、なすすべもなく涙を流しているとしか詠《うた》えない、その胸中が切ない。

『後拾遺集《ごしゅういしゅう》』という勅撰集では、下記に掲出したように、長い詞書とともにこの歌が採られている。詞書には実名が載り、しかも相模と定頼が不倫関係であったことも分かる。勅撰集が国家事業として行われたことを考えれば、あまりに個人的な事情を記しすぎているとも言えよう。

実は、これこそが『後拾遺集』という歌集の特徴でもある。多数の女性歌人たちが活躍した平安時代の中期は、歌だけでなく、それが詠まれた背景についても関心が高まっていた。当歌に詳細な詞書が付されたのも、『後拾遺集』の逸話好きの傾向が大きく影響している。


らず、隙のない様と見たのか、途絶えがちに訪れていましたので詠んだ歌〕

*大江公資―生年未詳。長久元年（一〇四〇）没。
*相模国―現在の神奈川県の大部分。
*藤原定頼―長徳元年（九九五）～寛徳二年（一〇四五）四条大納言公任の息。四条中納言とよばれた。中古三十六歌仙の一人。『定頼集』がある。

17

五月雨《さみだれ》の闇《やみ》はすぎにき夕月夜《ゆうづくよ》ほのかに出でむ山の端《は》を待て

【出典】流布本相模集・四八

五月雨の闇（の頃）は過ぎました。夕月夜がほのかに山の端に出るのを待って（ください）。

*底本《ていほん》とした*浅野家本《あさのけぼん》ではこの歌に、「*夕闇にと頼めたりける人に、六月一日におとづれたる返事に」という詞書が付されているが、その事情は、分かりにくい。*他本《たほん》では、「*夕闇にと頼めたりける人にあはで、六月一日におとづれたる返事に」とあって、事情が判明する。つまり、五月雨の夕闇の頃にお逢いしましょうと相手の男をその気にさせておきながら、結局逢わず、業《ごう》を煮やした男が、六月一日に文《ふみ》（手紙）を寄越したのに対して詠んだものと

*底本―もとにした本。「そこほん」ともいう。

*浅野家本―浅野家が所蔵する伝本。流布本相模集の中で、もっとも信頼がおける本。

*夕闇にと頼めたりける人に……―夕闇に（紛れて逢いましょう）と頼みにさせた人

なる。「おとづれ」は、本人がやってきた場合にも使うが、ここでは音信の意。「五月雨」は現在の梅雨《ばいう》を言う。五月闇《さつきやみ》という語もあるくらいで、夜ばかりでなく、降り続く雨により、昼間でも暗いとする。さらに当時は、月の満ち欠けをもとにした陰暦を用いていて、二十日過ぎになると月の出が遅くなる。これにより、日が没して月が出るまでの、いわゆる夕闇が長くなる。この時間に逢瀬《おうせ》をと期待させたのであろう。

一転、月が替わると、月の出は早くなる。「夕月夜」とは、夕方早く出る月のことで、陰暦では毎月一日から七日ぐらいまでの月。「山の端」は、山と空が接している山側の端をいう。「山際《やまぎわ》」が空側を意味するのと対《つい》。

家集のこの前後は、物語的歌群と評され、男からの求愛の歌が続いている。その相手は、再婚した大江公資《おおえのきんより》とも、また一時関係があった藤原定頼《ふじわらのさだより》とも言われている。家集で配列されているとおりにことが進んでいたとすると、これ以前に一度は逢瀬を持ったことになる。結局この時の約束は守られなかった。次の逢瀬を約束しながら、何度も取り止めるなどかなり逡巡している様が見受けられることなどからすれば、相手は貴人定頼か。当時、不仲であったが、定頼には妻もあり、相模自身も公資と婚姻関係にあった。

に、六月一日に手紙をよこしたその返事に。

＊他本―底本とは別の本。手で書き写していたので、本文に違いが生じている場合がある。

＊夕闇にと頼めたりける人にあはで…―夕闇に（紛れて逢いましょう）と頼みにさせた人に逢わないで、六月一日に手紙をよこしたその返事に。

18

つきもせずこひに涙をわかすかなこや七くりの出湯《いでゆ》なるらん

【出典】後拾遺和歌集・恋一・六四三

尽きることなく恋の火で涙を沸かすことです。（あなたに対する思い）これはまるで七くりの出湯《いでゆ》なのでしょうか。

『後拾遺集《ごしゅういしゅう》』の詞書では、貴人に恋した男性の代わりに詠んだ作とされており、過度な思いの強さは、相手が手の届かない貴人のためであるという合理的な解釈も成り立つものの、少々おどけすぎているようにも読める。これに対し、流布本『相模集』には、「ところせげならむ恋の歌、二つばかりよみて得させよと人の言ひしかば」*とあって、大げさな恋の歌をという依頼を受けて詠んだことが分かる。本来的な事情は、家集の方であろう。『後拾遺

【詞書】やむごとなき人を思ひかけたる男にかはりて（高貴な人に思いを掛けた男に代わって詠んだ歌）

*ところせげ…―大げさな恋の歌を、二首ばかり詠んでくださいよと（ある）人が

集』に入れるに際し、わざとこのような詞書を付したようだ。勅撰集に採歌する折に、詞書が改変された場合もあったことを推測させる例だが、この場合の意図は不明。

　七栗《ななくり》は、伊勢国《いせのくに》壱志《いちし》郡七栗郷《ぐんななくりごう》、現在の三重県津市榊原町の榊原温泉とも、信濃国《しなののくに》、現在の長野県飯田市山本の七久里《ななくり》神社あたり、同じく長野県の山田温泉、別所温泉なども言われるが、不明。＊能因本《のういんぼん》『枕草子』に、「湯は、七栗の湯。有馬《ありま》の湯。玉造《たまつくり》の湯」とあることから、当時温泉として有名であったようだが、歌中に用いられたものとしてはこれが初。『経信集《つねのぶしゅう》』（二四五・二四六）にも、＊橘俊綱《たちばなのとしつな》と＊源経信《みなもとのつねのぶ》が「七栗の湯」を詠みあった贈答が見えるものの、当歌と同じく、その名の面白さから用いられたようで、場所を特定する手掛かりは得られない。

　この歌は、尽きることもなく温泉が湧き出す様《さま》と、恋に涙する様とが重ねられている。恋に涙すると詠うのは伝統的なものだが、ここでは、熱湯が勢いよく噴出する様を詠んでおり、戯画《ぎが》的でもある。大げさな恋の歌をという注文を受け、恋《こひ》の「ひ」に「火」を掛け、涙を恋の火で沸かすと、茶目っ気たっぷりに詠んだものであろう。

言ったので（詠んだ歌）。

＊能因本―能因が所持していたと伝えられる伝本の呼称。現在よく用いられている枕草子は「三巻本」と呼ばれる別系統のもの。

＊橘俊綱―長元元年（一〇二八）〜嘉保元年（一〇九四）実父は関白藤原頼通。伏見修理大夫と呼ばれ、伏見の別邸は、当代歌人達の交流の場であった。

＊源経信―長和五年（一〇一六）〜承徳元年（一〇九七）帥《そち》大納言、桂大納言とも呼ばれた。歌人、琵琶の名手としても知られる。『経信集』がある。

19

もろともにいつか解《と》くべきあふことのかた結びなる夜半《よは》の下紐《したひも》

【出典】後拾遺和歌集・恋二・六九五

（貴方と）揃って、いつ（紐が解けるように）うち解けられるのでしょうか。お逢いすることは難しく、（本来なら解けやすいはずの）片結びの夜半の下紐は。

【詞書】しのびてもの思ひ侍ける頃、色にやしるかりけん、うちとけたる人、「などか、ものむつかしげには」といひはべりければ、心の内にかくなん思ひける

〔忍んで物思いをしています頃、表面に出てしまったのだろうか、親しい

「解く」「片結び」は「紐」の縁語。「下紐」は、下着や下裳《したも》＊の紐のこと。「片結び」は、帯や紐の結び方の一種。一方を輪とし、もう一方をそれに絡ませた結び方。片方の端は輪にはならず、真っ直ぐのまま。歌語としては現存初例。「片結び」の「かた」に、逢ふこと「難《かた》し（難《むずか》しい）」の意を掛けている。「片結び」は、片方を引くと解けやすい結び方であるが、ここでは双方の紐が「もろともに（一緒に）」なって解けるのは難しいことから、「逢

ふこと難し」へと繋げたのである。

逢瀬《おうせ》後、男女が互いの下紐を結び、次に逢うまで解かないと、貞操を誓い合う、まじないの一種があった。しぜんと下紐が解けるのは、相手が思っているからとされ、逢瀬の前兆とも信じられていた。

「夜半《よは》」は、夜中、夜更けを意味する。恋歌中で用いられた場合は、恋人達の逢瀬の時間を意味していることが多い。ここでもそれを意識しながら、下紐を解くこともなく、独り寝する寂しさを匂わせる。

詞書によれば、忍ぶ恋をしていた頃と知られる。どこか態度や雰囲気が以前とは違っていたのだろう。異変を感じ、「どうしたの」と優しい言葉を掛ける「うちとけたる人」とは、夫公資《きんより》であろうか。だが、その優しさに気付かないのか。あるいはそれは表面的な優しさに過ぎず、二人の間はすでに冷え切っているのか。いずれにしろ、優しい言葉には見向きもせずに、心の中でひたすら恋しい相手との逢瀬を思っているという、複雑な心情を詠《うた》ったもの。

人が「どうしたの、なんとなく思い悩んでいる様子なのは」と言いましたので、心の中でこのように思ったことを詠った歌」

＊下裳―唐衣《からぎぬ》（いわゆる十《じゅう》二《に》単《ひとえ》）の上に裳をつける時、その下に着ける裳。

20

昨日今日嘆くばかりの心地せば明日に我が身やあはじとすらん

【出典】後拾遺和歌集・恋二・七〇二

昨日今日と（悩み続け）、これだけ悩む心持ちが（ずっと）したならば、明日（という日）に我が身はあうまいとでもするのではないでしょうか。

『後拾遺集《ごしゅういしゅう》』では恋部《こいのぶ》に所収されている。詞書によれば、「あなたのところには明日行こう」などと暢気《のんき》に言ってよこした男に対し、「明日の命などあるかどうか分からない」と、まるで脅《おど》しとも取れるような歌を詠《よ》んで贈ったこととなる。

だが、家集の詞書では、「帰りてもなほ悩ましければうち嘆きて」*と、異なる事情を伝えている。家集ではこの歌の前に置かれた歌の詞書に「物へま*

【詞書】明日のほどにまで来むといひたる男に（明日あたりに「（そちらに）やって行きましょう」と言った男に贈った歌）

＊帰りてもなほ…―（自宅に）帰りついてもやはり（体調が）思わしくなかったので嘆いて（詠んだ歌）。（流布

うづるに心地例ならずおぼえければ、道より帰るに、もろともにまうづる人に付けて、みてぐらのかぎりを奉るとて、心の内に」とあって、どこかに参詣のために出かけたものの、途中で具合が悪くなり引き返したものと分かる。この歌もそれを受ける形で存し、自宅に帰り着いてもいまだ体調は復さず、そこで詠んだ歌ということになる。だからこそ、明日の命までも分からないほど苦しいというのだろう。もちろん、昨日・今日・明日などという三語を一首中に詠み込むくらいだから命に別状はなさそうだが、それほど辛いとでも言いたかったに違いない。これがなぜ恋歌として所収されるに至ったのかは明らかではないが、一首が、詞書によりまったく異なった境地を詠ったと解釈されることが分かり、詞書と和歌ということを考える上で重要な問題を提示している。

相模が先達《せんだつ》として仰いだ和泉式部に、「来《こ》むといふ人の、その日は来《こ》で、又の日来《き》たるに」との詞書を持つ、「頼めしに昨日までこそ惜しみしか今日はわが身はありとやは思ふ」という一首がある。歌境や語句が類似しており、参考にしたものであろうか。

本相模集・六八）

＊物へ…—物詣の折に気分が普通ではないと感じたので、途中から引き返す時に、一緒に参詣する（はずだった）人に頼んで、幣だけを奉るということで心の内で（詠んだ歌）。（流布本相模集・六七）

＊来むといふ人の…—「（そちらに）行こう」という人が、その日は来ないで、また別の日に来た折に（詠んだ歌）。（和泉式部続集・三一九）

＊頼めしに…—（あなたは私を）頼みにさせていた（ので、それを信じて）昨日まではわが命を）惜しんでいたけれど。今日までも、わが身が（たしかに）あると（あなたは）思っていたのでしょうか（なんて暢気なのでしょう）。（和泉式部続集・三一九）

21

さもこそは心くらべに負けざらめはやくも見えし駒の足かな

【出典】後拾遺和歌集・雑二・九五一

そのように意地の張り合いに負けなかったのですね。早々と見えたあなたの本心のように、駒の足はとても速く見えましたよ。

詞書にあるように、馬に乗って恋人の家にやって来て、門を開けさせようとするのはいかにも乱暴な感じを受ける。*『蜻蛉日記《かげろうにっき》』の冒頭部にも、*藤原《ふじわらの》兼家《かねいえ》の使者が、馬に乗ってやってきて、求婚の手紙を届ける場面がある。そこでは、相手方に有無を言わせずに門を開けさせ、手紙を受け取らざるをえない状況を作るために、あえて馬が使われていたようだ。

この歌の相手、定頼《さだより》の場合は、照れ隠しの表れか、あるいは、熱心さの故

【詞書】中納言定頼馬に乗りてまうで来たりけるに、「門開けよ」といひはべりけるに、とかくいひて、開けはべらざりければ、かへりにけるまたの日、つかはしける

（中納言定頼が馬に乗ってやって来た時に、「門

か。というのも、恋人関係にあった定頼と相模は、前回の逢瀬の折に、痴話《ちわ》喧嘩《げんか》でもしたに違いないからだ。意地もあってか、相模は、その日門を開けなかった。本当に二人の関係を清算するつもりならば、このまま無言を貫けばよい。だが、相模にもそのような気はさらさらない。そうかと言って、未練たっぷりの恋歌など届ければ、自分自身の立場が悪くなる。もちろん、門を開けなかったという点では相模の勝ちである。そこで、皮肉たっぷりの歌を詠んで届けさせた。

「心くらべに負けざらめ」は、意地の張り合いに負けなかったの意。喧嘩したはずなのに、一旦は折れて来訪しつつも、当日の「心くらべ（意地の張り合い）」には負けずにお帰りだったのですねと。この歌を受け取った定頼が再度怒れば二人の関係は修復不可能となる。だが、おそらく、この歌を受け取った定頼は再訪したはずだ。本来なら門前で開けるまで粘った方が勝ったようにも思えるが、ここでは、相模が歌を贈っていることから、結局勝ったのは定頼。つまり、颯爽《さっそう》と立ち去った定頼を見て、皮肉まじりではあるものの、相模は歌を贈ることで仲直りのきっかけを与えているからだ。いずれにしろ痴話喧嘩の類《たぐい》だが、ここでは、この粋《いき》なやり取りを楽しみたい。

を開けろ」と言いましたが、なにやかやと言って、開けないでいましたら、帰ってしまったその後の日に、遣わした歌）

＊蜻蛉日記―十世紀後半成立。藤原道綱母の書いた、女性の手による最初の日記。二十一年間にわたる、藤原兼家との婚姻生活を描いたもの。

＊藤原兼家―延長七年（九二九）～正暦元年（九九〇）。公卿。従一位、摂政・関白、太政大臣。道長の父。

22

なほざりに行《ゆ》きてかへらん人よりもおくる心や道にまどはん

【出典】続拾遺和歌集・恋三・九二三

かりそめにやって来て帰っていった人よりも、お帰しする（私の）心が道に迷ってしまうのではないでしょうか。

詞書によれば、夜更けてやってきた人がすぐに帰っていくのは遠いところ。それを思って詠んだ歌ということになるが、この時、二人は逢えたのか、逢えなかったのか、二人の仲がどのような状態であるのか判然としない。家集では、「*夜いたう更《ふ》けて来たる人に、え逢はで、道の遠さもいとほしければ」という詞書を付しており、逢瀬を拒否したというよりは、何らかの事情で逢えなかったようだ。だが、『*続拾遺集《しょくしゅういしゅう》』の詞書では、そのよう

【詞書】夜更けて来たりける人の、たちかへりける道の遠さも思ひやられて、よみ侍りける
〔夜がひどく更けてから来た人が、すぐに帰っていく道の遠さが思いやられて、詠みました歌〕

*夜いたう更けて……―夜がひ

なニュアンスは読みとれなかった。もちろん、撰集のための資料に、家集のような詞書が添えられていなかった可能性もあるが、『続拾遺集』はあえて採用しなかったのではないだろうか。というのも、家集の詞書でこの歌を解釈すると、次のような事情が浮かぶからだ。「何らかの事情で夜更けになったがやって来た熱心な恋人。それなのに事情があり逢うこともできずに帰すしかない女。そのため帰らざるを得ない恋人を思いやって詠んだ」と。

だが、この歌はもう少し別な解し方もできそうだ。たとえば、夜更けて来た男は、気まぐれでやって来ただけかもしれないし、あるいは、別の女性のところから帰り道に立ち寄ったのかもしれない。女は、男の不実さを感じ、だからこそ口実を設けて逢うのをやめたのかもしれない。

『続拾遺集』では詞書が不明瞭な分、愛し合う恋人たちの不如意《ふにょい》な一夜を詠んだとも、逢いたいのに意地を張って逢わずに帰しやる切ない恋心を詠んだとも解釈できる。両様の可能性を残し、あえてこのような詞書を付したと考えるのも一興《いっきょう》であろう。

どく更けて来た人に、逢うことができないで、(帰っていく)道の遠さもたいそう気の毒だったので(詠んだ歌)。(流布本相模集・六九)

*続拾遺集―弘安元年(一二七八)成立の第十二勅撰和歌集。下命は、亀山上皇。撰者は藤原為氏《ふじわらのためうじ》。

23

ことの葉につけてもなどかとはざらん蓬《よもぎ》の宿も分《わ》かぬ嵐を

【出典】後拾遺和歌集・雑二・九五五

木の葉が散るのにかこつけても、どうして問うてはくれないのでしょう。(粗末な) 蓬の宿も分け隔てなく、(吹きすさぶ) 嵐なのに。

【詞書】木の葉いたう散りける日、人のもとにさしおかせける
〔木の葉がたいそう散っていた日、人のもとに差し置かせた歌〕

詞書だけでは誰に宛てたものか判然としないが、『後拾遺集』には贈答歌として入集しており、藤原定頼《ふじわらのさだより》の返歌が付されている。

この歌は、嵐が吹きあれ、木の葉が舞っているという景に、ちぢに乱れている心情を重ねたもの。一人でいる心細さを思いやってくれるなら、甘い言葉でなくても良いから、せめてお見舞いの言葉がほしい。逢いたいなどというつもりはないけれど、これほど絶好の口実があるのに、なぜそれを上手く

使って連絡ぐらいしてくれないのかという、懇請《こんせい》とも、なじりとも解される複雑な思いを見事に表現している。平凡な恋人関係ではないからこそ、嵐のお見舞いにかこつけて声をかけてくれればいいのに。そう、いや、むしろそれだけでいいのに……。そう思って、相模が恋人の定頼に贈った歌。

だが、定頼からは、「*八重ぶきのひまだにあらば葦《あし》のやにおとせぬ風はあらじとをしれ」と、忙しくて行かれないよという、つれない返事が届いた。定頼の歌は、相模が敬愛する和泉式部《いずみしきぶ》の「*津の国のこやとも人をいふべきにひまこそなけれ葦の八重ぶき」を踏まえたもので、それなりに工夫を施した理知的な歌ではある。定頼にしてみれば、恋人に十分に配慮をしたつもりなのであろう。

だが、これに対しても、相模は、「*こやとても風になびかばくゆりつつ葦《あし》火《ひ》の煙立ちやまさらむ」と再び詠じてやる。来てくださいなどというつもりはないのに……と詠ってはいるが、やはり訪問してほしいに違いない。

用いられた言葉自体に妖艶な要素はないものの、歌からは、相模の切ないほどの思いが立ち上《のぼ》る。

*八重ぶきの……―（八重葺の隙間がないように）暇があれば音沙汰しない風はないことを知ってください。（後拾遺集・雑二・九五六）

*津の国の……―（津の国の地名「こや」ではないが）「来《こ》や（来て）」と（あの）人には言うべきでしょうが、（葦の八重葺が隙間のないように、私にも）暇がないのです。（後拾遺集・恋二・六九一・和泉式部）

*こやとても……―おいでくださいなどと言って風になびいたら、くすぶり続けている心の煙が立ちまさってしまうのではないかしら。（流布本相模集・九〇）

24

荒かりし風の後《のち》より絶えぬるは蜘蛛手《くもで》にすがく糸にやあるらん

【出典】金葉和歌集二奏本・恋上・三八六

荒かった風の（吹き止んだ）後から（訪れが）絶えてしまったのは、蜘蛛が（手足を広げて）巣を掛けた糸のよう（な心細い二人の関係）だったからなのでしょうね。

【詞書】野分のしたりけるに「いかが」などおとづれたりける人の、その後また音もせざりければつかはしける

〔野分がした折に、「いかが」などと（言って）訪れた人が、その後また音沙汰もしなかったので遣

詞書にある「野分《のわき》」は、秋に吹く暴風のことで、歌中では「荒かりし風」とある。『枕草子《まくらのそうし》』「野分のまたの日こそ」の段にも、「野分のまたの日こ*そ、いみじうあはれに、をかしけれ」とあり、野分後に、風によって荒らされた庭を、むしろ非日常的な風情としてしみじみと眺め賞美している様が描かれている。相模も清少納言も、荒らされた庭を自ら片付けるようなことはしなかったに違いない。中流階級に属し、さほど身分は高くないものの、や

はり貴族であったからだ。

野分が吹いた後にはお見舞いをするのがつねである。ここでも、その時には言葉を掛けてくれていた。だが、それは単なる社交辞令の類《たぐい》であったものか、以後音信がない。

「蜘蛛手」とは蜘蛛の手足が八方に広がった様子のことで、ここでは蜘蛛が作った巣を言ったもの。「*蜘蛛の振る舞ひ」は、待ち人が来る前兆として、頼みにされる一方、蜘蛛の糸や巣は、そのはかなさを歌に詠むことが多い。当歌はその心細さと二人の関係の希薄さを「蜘蛛手にすがく糸」と表現した。「すがく」は、蜘蛛が巣をかけること。

この歌は、流布本『相模集』の詞書では、「*風の騒ぎに訪れたる人の、久しくなりにければ」とあるのみで『*金葉集《きんようしゅう》』に比べて簡略。二人を恋人関係と見るか、婚姻関係と見るかにより、深刻度も変わってくる。平安時代は婚姻関係にあっても一緒に棲《す》むのはむしろまれで、男性が女性のもとに通うことが多かった。婚姻の解消も、交際の解消も、手続きは不要で、男が訪れなくなることは、すなわち、離縁を意味していた。

わした歌〕

＊野分の……―野分の次の日こそ、たいそうしみじみとして風情がある。

＊蜘蛛の振る舞ひ―蜘蛛が巣を掛けるために動く様。

＊風の騒ぎに……―風が激しかったので訪れた人が、（その後訪れが）久しくなかったので。（流布本相模集・八〇）

＊金葉集―第五勅撰和歌集。下命は白河法皇。撰者は源俊頼。二度作り直しを命じられ、三度目のものは、大治二年（一一二七）の成立。

25

あやふしと見ゆる途《と》絶《だ》えの丸《まろ》橋のまろなどかかるもの思ふらん

【出典】後拾遺和歌集・恋四・七八九

（いまにも壊れそうで）危うく見える途絶えた丸橋のように（あなたとの危なげな仲について）私はどうしてこのように物思いをするのでしょう。

【詞書】題知らず

「あやふし」はあぶない、危険だの意から、橋や垣根に用いられ、それらが壊れかかることからの連想で、男女の仲の不安定さの意にも用いる。「途《と》絶《だ》え」は、橋の途中が陥落したものに、訪れが途絶えたことを掛けている。当時の橋は複数の木を何箇所にも架け渡したもので、途中だけが落ちることも頻繁にあったようだ。「途《と》絶《だ》え」「かかる」は「丸橋」の縁語。「丸橋」とは、切ったままで削ったり磨いたりしていない木をそのまま用いた橋、丸木橋のこと。

「まろ」は、男性の名の一部に用いられていたが、平安時代になると、男女問わずに、自称として用いられるようになった。ただし、会話中で用いられるのが主《しゅ》で、歌中に見えるのは珍しい。三句目までが、二人の関係を暗示する序詞《じょことば》となっている。ここでは、「丸橋」から自称「まろ」が導かれている。


この歌は、夫との破局というテーマに沿って編まれた相模の小家集『思女集《しじょしゅう》』*の詞書には「ものへ行く道に、丸橋のあるを」*とあり、これに従えば、実景に触発されて詠んだことになる。だが、きっかけはそうであっても、異本『相模集』*に所収されていることからして、再婚した公資《きんより》との仲が破局したことを背景に詠じたものであろう。

同様の趣向を用いた相模詠「ふみ見てももの思ふ身とぞなりにける真野《まの》の継橋《つぎはし》とだえのみして」*も、同じく『後拾遺集《ごしゅういしゅう》』に載る。ただし、こちらは、人の代わりに詠んだ作だという。


*思女集―相模の四種の家集のうちの一種。

*ものへ行く……―物詣へ行く（途中の）道に、丸橋が架かっているのを（見て詠んだ歌）。

*異本『相模集』―相模の四種の家集のうちの一種。夫と恋人との間で揺れ動く思いを詠んだ歌が集められている。

*ふみ見ても……―（あなたからの）手紙を見ても（喜べず）もの思いをする身となりました。（途中で絶えている）真野の継橋のように、（あなたの来訪も）途絶えているばかりで。（後拾遺集・雑一・八八〇・相模）

26

来《こ》じとだにいはで絶えなば憂《う》かりける人のまことをいかで知らまし

【出典】後拾遺和歌集・恋三・七五三

（もうここには）来ないとさえ言わないで（訪れが）絶えてしまったならば、薄情な人の真実をどうやって知ることができたでしょうか（「来ない」と言ってくれたおかげであなたの本心がわかりました）。

【詞書】中納言定頼「いまはさらに来《こ》じ」などいひて帰りて、おともしはべらざりければ、つかはしける〔中納言定頼が「これからはもう来ない」などと言って帰って音沙汰もありませんでしたので遣わした歌〕

詞書によれば、「これからはもう来ない」と言って、恋人の定頼が帰ってから、音沙汰がないので贈ったものだという。「もう来ない」と言ったそれだけは真実だったと皮肉って詠っている。二人は喧嘩でもしたのだろうか。嫌味たっぷりの詠いぶりではあるが、相模は和歌を贈っている、つまり連絡をしているのは、やはり相模の側に関係を修復したいという思いがあるからに他ならない。本当に絶縁するつもりならば、このままほうっておけばよいのだから。謝罪する訳でも、また絶縁を言い渡すわけでもないこの一首には、複雑な女心がほの見える。

確かなことは分からないが、万寿二年（一〇二五）秋頃に始まった二人の関係は、長くとも二、三年であったとされている。この歌が詠まれた頃、二人は、破局を迎えつつあったのだろう。そうだとすると、捨てられそうな女の最後の矜持《きょうじ》と読むか、あるいは、すがりつきたい思い、切ないほどの未練を秘めた強がりと詠むか、意見の分かれるところであろう。

勅撰集の恋部《こいのぶ》では、恋愛が進行する過程を念頭において、歌を配列することが多い。だが、『後拾遺集』恋部の最後、恋四部は、かならずしも恋の終《しゅう》焉《えん》を詠《うた》ったものばかりではない。観念的に恋というものを詠《よ》んだ歌も多数含み、終焉を迎える頃の歌は恋三部にもすでに見出せる。『後拾遺集』ではこの歌を恋三部の後半部に位置づけている。これらからすれば、喧嘩後の意地の張り合いにとどまらず、二人の関係はかなり決定的なところまできてしまっていると『後拾遺集』が解釈したということになる。

27

荒《あり》磯《そ》海《うみ》の浜の真砂《まさご》をみなもがなひとりぬる夜の数《かず》にとるべく

【出典】後拾遺和歌集・恋四・七九六

荒磯海の浜の真砂を全部ほしいものだ。一人で寝る夜の数を数えるために。

「荒磯海」は、岩が多数あり、波の荒い磯、海辺を意味する普通名詞。『古今集』の仮名序に「*我が恋はよむともつきじ荒磯海の浜の真砂はよみつくすとも」、また、恋部の読人しらず歌にも「*荒磯海の浜の真砂と頼めしは忘るることの数にぞありける」とあって、「荒磯海の浜の真砂」と一続きで用いられることが多い。「真砂」は砂のことで、数の多さを喩《たと》える。

この歌は、『思女集《しじょしゅう》』（十二）と異本『相模集』（一〇）との、双方に載

*我が恋は……—私の恋（の思い）は数えても尽きない。荒磯海の浜の真砂を（すべて使って）数え尽くしても。

*荒磯海の……—荒磯海の浜の真砂（のように尽きないもの）と頼みにさせていたのは、（あなたが私を）忘れる（ための）数だったのですね。（八一八）

*その夜も……—その夜も（訪

郵 便 は が き

料金受取人払郵便

神田支店
承認

3458

差出有効期間
平成 25 年 2 月
28 日まで

101-8791

504

東京都千代田区猿楽町 2-2-3

笠間書院 営業部 行

■ 注 文 書 ■

◎お近くに書店がない場合はこのハガキをご利用下さい。送料 380 円にてお送りいたします。

書名 冊数

書名 冊数

書名 冊数

お名前

ご住所 〒

お電話

コレクション日本歌人選●ご連絡ハガキ

●これからのより良い本作りのためにご感想・ご希望などお聞かせ下さい。
●また「コレクション日本歌人選」の資料請求にお使い下さい。

この本の書名＿＿＿＿＿＿＿＿＿＿＿＿＿＿＿＿＿＿＿＿

本はがきのご感想は、お名前をのぞき新聞広告や帯などでご紹介させていただくことがあります。ご了承ください。

■本書を何でお知りになりましたか（複数回答可）

1. 書店で見て　2. 広告を見て（媒体名　　　　　　　　　　）
3. 雑誌で見て（媒体名　　　　　　　　　　）
4. インターネットで見て（サイト名　　　　　　　　　　）
5. 小社目録等で見て　6. 知人から聞いて　7. その他（　　　　　　　　　　）

■コレクション日本歌人選のパンフレットを希望する

はい　・　いいえ

■コレクション日本歌人選・刊行情報（刊行中毎月・無料）**を希望する**
ご登録いただくと、毎月刊行される歌人の本がわかり、便利です。

はい　・　いいえ

■小社PR誌『リポート笠間』（年1回刊・無料）をお送りしますか

はい　・　いいえ

◎上記にはいとお答えいただいた方のみご記入下さい。

お名前

ご住所　〒

お電話

ご提供いただいた情報は、個人情報を含まない統計的な資料を作成するためにのみ利用させていただきます。個人情報はその目的以外では利用いたしません。

る。再婚相手である大江公資《おおえのきんより》との破局から生まれたとされるこれらの集は、物思いをする女の心情を綴っている。前者の詞書には「*その夜もおぼつかなくて、過ぐす日数は知りがたきを、いかでか」とあって、悩み続けて時の経過さえも分からないという。後者では、「*入りぬる磯の世もおぼつかなく、過ぐる日数もおぼつかなくて、いかでいかで」とある。「入りぬる磯の」は、『拾遺集』の「*潮《しほ》みてば入りぬる磯の草なれや見らく少なくこふらくの多き」を引いたもので、夜離《よが》れの状態で悩んでいることを詠った歌。また、「いかでいかで」も『拾遺集』の、「*いかでいかでこふる心をなぐさめてのちの世までの物を思はじ」を引いて、来世まで引きずってしまいそうな、過度の恋心をもてあます思いを言う。

　このように詞書に古歌の一部を引用する、いわゆる「引き歌」の手法は、*斎宮女御徽子《さいぐうにょうごきし》や和泉式部《いずみしきぶ》に先例がある。相模は彼女達から、大きな影響を受けて、自身の孤閨《こけい》の嘆きをより純化し家集として纏《まと》めている。「引き歌」を用いるのは、単なる言葉の引用にとどまらない。その和歌の持つ世界を想起させて、抒情的な広がりを醸《かも》し出す効果は絶大である。『和泉式部日記』のみならず、『源氏物語』においても、「引き歌」が、効果的に用いられている。

れるか）不安で（一人で）過ごした日数は数多く、どうして（と思って詠んだ歌）。

＊入りぬる磯の…―「入りぬる磯の」の歌のような仲も不安で、過ぎた日数も分からなくて、どうにかしてどうにかして（気持ちを鎮めたいと詠んだ歌）。

＊潮みてば…―（あの方は）潮が満ちれば隠れてしまう磯の草なのでしょうか、見ることが少なく、恋しいことが多いのは。（恋五・九六七・坂上郎女）

＊いかでいかで…―どうにかして、どうにかして、恋しいと思う心を慰め（鎮め）て、来世まで物思いをするまい。（恋五・九四一・大中臣能宣）

＊斎宮女御徽子―延長七年（九二九）～寛和元年（九八五）『斎宮女御集』がある。斎宮を務めた後、村上天皇に入内した。

28

恨みわび干《ほ》さぬ袖だにあるものを恋に朽ちなん名こそ惜しけれ

【出典】後拾遺和歌集・恋四・八一五

どうしようもなく恨んで（涙が流れ）、（ぬれたまま）乾かない袖さえも（朽ちることなく）あるのに、恋のために（名が立ち、噂になって）、朽ちてしまう（我が）名が惜しまれる。

【詞書】永承六年内裏歌合に

古来、人の「名」は、言霊信仰《ことだましんこう》と結び付いていた。「名告《なの》る」とは、求婚を受けるという意味もあった。「名こそ惜しけれ」は、単に自身の評判が落ちることを惜しむに留まらない。一個人の及ばない力を持った「名」というものを汚《けが》すという畏怖《いふ》もある。平安時代は、「名」、すなわち評判や、噂が人々の生活に大きな比重を占めていたからだ。事実がなくとも、「名」が立てば、それは既定のこととして扱われてしまう。いかにそれを本人が否定しても、また打ち消そうとしても、いったん話題になったことを修正するのはほとんど不可能に近い。恋に破れたことだけでも苦しいのに、世間ではそれに尾鰭《おひれ》を付けて、面白おかしく語るに違いない。その喧《かまびす》しさは、傷ついた心にさらに追い討ちをかける。

「名こそ惜しけれ」は、『源氏物語』宿木巻《やどりぎのまき》で、*薫《かおる》が*中君《なかのきみ》を思いながら*按《あぜ》察《ち》の君と一夜を共にした翌朝、彼女が詠んだ「*うちわたし世にゆるしなき関川をみなれそめけん名こそ惜しけれ」に見えるのが、唯一の先行例。薫の心が中君にあることを重々承知し、なおかつ、女房という身分からしても薫の正式な相手として認められることは絶対にないことを理解している按察の君の複雑な心中を、ものの見事に表した一首の中で用いられている。

この歌を詠出したのは、詞書にあるように、*内裏歌合のため。「恋」という題のもとで詠じられた歌で、実際の恋心を詠んだものではない。だが、『源氏』の按察の君の和歌を知っている者は、それを想起して、貴顕《きけん》の男性に恋した女房の歌として享受したであろう。あるいは『源氏』のそれを知らなくとも、藤原定頼《ふじわらのさだより》という貴顕の男性との恋に破れた過去を持つ歌人が詠んだことで、相模自身の恋に重ねて味わった人も多かったに違いない。

*薫―光源氏の妻女三宮と、柏木との間に生まれた不義の子。出生の秘密に苦悩している。

*中君―光源氏の義弟である八の宮の次女。

*按察の君―女三宮家に仕える女房で、薫と関係を持っている。

*うちわたし……―引き続き世の中では許されない（仲なのに、（関川の水に慣れるように見馴れて）親しくなったという評判は口惜しい。（源氏物語・七〇八）

*内裏歌合―天皇が主催し、内裏で行われた歌合。

29

夕暮れは待たれしものをいまはただ行《ゆ》くらむかたを思ひこそやれ

【出典】詞花和歌集・恋下・二七〇

夕暮には（しぜんとあなたの訪れが）待たれたのに、今はただ（あなたが訪ねて）行くだろう先を思いやっています。

【詞書】大江公資に忘られてよめる

〔大江公資に忘られて詠んだ歌〕

夕暮は恋人達の時間。平安時代の女性たちはひたすら恋人（この場合は夫）の訪れを待っていた。一見、甘美《かんび》な時のようだが、訪れがないと分かるとそれは、一転、残酷な時間に変わる。別な女性のもとへと赴《おもむ》いたのではないかという思いは、否定しても否定しても湧き上がる。だが、それを確かめるすべはない。

夫との仲が良好だった頃は、なんの疑いもなく、しぜんとその訪れを待った。

「待たれし」は、動詞「待つ」に、しぜんにそうなる意の自発の助動詞「る」、さらに過去の助動詞「き」が連接したもの。「待たれし」は、理性が働いてというよりも、心がおのずとそう動いたことを表す。だがそれも過去のことで、今は「ものを」と逆接が付いて提示される状況にある。恋しい人を待つ、心躍る時を当然のごとくに過ごしていた頃から一転、それは過去のこととなり、今は待つ人もいない。この、時の経過と心情の移り変わりを、二句目に集約してみせた言葉選びには感服せざるをえない。

すでにこの時には、不倫の関係にあった貴人藤原定頼との仲も破綻《はたん》していたものであろう。しかしながら、夫との仲を修復したいという積極的な思いがあるわけでもない。が、それでも公資がこの時間どこに行くのだろうかと考えずにはいられない。なんとも複雑な心をさらりと詠いあげている。

この歌は、古来名歌の呼び声が高い。*鴨長明《かものちょうめい》が著した『*無名抄《むみょうしょう》』では、*藤原顕輔《ふじわらのあきすけ》が相模の面歌《おもてうた》（代表歌）と述べたという伝えを記している。

*鴨長明―久寿二年（一一五五）～建保四年（一二一六）。歌人、随筆家。賀茂御祖神社《かもみおやじんじゃ》の、鴨長継の次男だが、出家した。随筆『方丈記』、説話集『発心集《ほっしんしゅう》』などの作者。

*無名抄―鴨長明が著した鎌倉時代の歌論随筆。

*藤原顕輔―寛治四年（一〇九〇）～久寿二年（一一五五）。正三位右京大夫。第六勅撰和歌集『詞花集』の撰者。

30

辛《つら》からん人をもなにか恨むべきみづからだにもいとはしき身を

【出典】風雅和歌集・恋五・一三七八

つれないあの人をどうして恨むことができるだろうか。自分自身でさえも厭わしい我が身を。

【詞書】思ふこと侍りける頃

「辛からん人」は、つれない恋の相手を意味する。下句《しものく》は、一首単独で読むと、自己を客観的に見て、自身の行状を反省した悔恨《かいこん》の意とも解され、我が身を厭《いと》う、ある種自虐的な一首と見なすこともできる。

だが、家集『思女集《しじょしゅう》』の秩序においてこの歌をみると、下句の「いとはしき身を」は、次歌の詞書の「わりなうこそ*」へと連接していることが分かる。

*わりなうこそ―どうしようもなくて。

この歌を載せる『思女集』は、夫から顧みられない一人寝の女性の苦悩を詠じた中国の閨怨詩《けいえんし》、特に『玉台新詠《ぎょくだいしんえい》』に見える「思婦《しふ》」「思女《しじょ》」などの語で詠《うた》われた世界を意識して纏《まと》められたもの。『思女集』は詞書に引き歌が多用され、和歌と詞書とが密接に繋がり、一続きの文脈をなすこともある。この歌が『思女集』の冒頭に置かれたことを考慮すれば、やはり、夫の夜離《よが》れを背景に詠じたものと見た方がよいだろう。

ただし、すでに相手への恨み節の段階は過ぎている。二人の関係が決定的なところに至ったことは、頭では理解しているのだ。だから相手を恨むことはできない。もはやこの思いを終息させられるかどうかは、自己の心の問題となっている。だが、そうでありながらも、どこかにささやかな希望はないか、頼みにできる種《たね》はないものかと苦悩する自分自身もいる。いっそ思い切って諦めてしまえばどれほど楽になれるかも理解はしているのだが、それができないのだ。

下句は、揺れ動く心をもてあまし、いまだ踏ん切りをつけられない自分自身の心というものに対する嫌悪《けんお》と解すべきであろう。

*閨怨詩―夫と別れた独り寝の女性の寂しさを歌った詩の総称。
*玉台新詠―中国の詩の撰集。十巻。梁の簡文帝の命により、徐陵が編集した。

31

いつとなく心そらなる我がこひやふじの高嶺《たかね》にかかる白雲

【出典】後拾遺和歌集・恋四・八二五

何時ということもなく（いつでも）心が虚《うつ》ろになる我が恋よ。富士の高嶺にかかる白雲のように。

「いつとなく」は、この歌の他に、「いつとなく波や越すらむ末《すゑ》の松まがきの島に心せよ君」「いつとなく波のかかれば末の松かはらぬ色をえこそ頼まね」「いつとなくこひするがなる有度浜《うどはま》のうとくも人のなりまさるかな」という、三首が相模の家集にみえる。いずれも初句に置かれており、相模がこだわった詠《うた》い出しと言えよう。また、いずれも恋歌で、四首ともに歌枕が詠み込まれているのも特徴となっている。

【詞書】永承四年内裏歌合によめる

＊いつとなく波や越すらむ…―何時ということもなく（いつでも）末の松を波が越す（ように浮気をする）でしょうから、（立ち寄りたくなる）籬が島にお気を

「心そらなる」の先行例は、『万葉集』に二例（二五四六・二九六二）見えるのみで、いずれも足は地を踏んでいるのに、心は空にあると詠んだもの。相模詠は、上の空である恋心を、富士山に掛かる白雲と具象化してみせた点が創意である。

富士山は平安時代にしばしば噴火しており、煙を上げている姿が親しまれていた。このため、恋歌では、「思ひ」に「火」を掛けて用いられたり、「煙」とともに詠まれたりするのが常套的。この歌でも「こひ」の「ひ」に「火」を掛けている。

『竹取物語』では、天に帰るかぐや姫が贈った「不死」の薬を、その手紙とともに、日本の一番高い山で焼くように帝が命じる。「*その煙、いまだ雲の中へ立ち昇るとぞ言ひ伝へたる」と物語は結ばれている。

神秘的な山として「雪」が取り合わされることも多かったが、この歌では、恋の歌でありながら煙と関わらせずに白雲が掛かった富士を詠い、当時としては斬新な景となっている。だが、逆にそれが歌合では受け入れられなかったようで、負けと判定された。

つけなさい。（流布本相模集・一七〇）

＊いつとなく波のかかれば…―何時ということもなく（いつでも）末の松に波が掛かる（ように浮気をする）ので、（松は）色が変わらないと頼みにすることはできません。（流布本相模集・二九七）

＊いつとなくこひするがなる…―何時ということもなく（いつでも）恋をするという駿河（にあるのに）有度浜のように、どんどん疎くあの人はなってしまうことです。（流布本相模集・五八四）

＊その煙…―その煙は、いまも雲の中へと立ち昇っていると言い伝えられている。

32

あふさかの関に心はかよはねど見し東路《あづまぢ》はなほぞこひしき

【出典】後拾遺和歌集・雑二・九一五

（逢うという名に通じる）逢坂の関に心は通わない（し、あなたに心を通わすつもりはない）けれど、（以前あなたと）見た東路はやはり恋しいのです。

【詞書】大江公資相模の守にはべりける時、もろともにかの国に下りて、遠江守にてはべりける頃、忘られにければ、異女《ことおんな》をゐて下ると聞きてつかはしける
〔大江公資が相模守でありました時、一緒にその国に下り、遠江守であり

早く乙侍従《おとじじゅう》と呼ばれていた女性が、女房名「相模」をもって呼ばれるのは、大江公資《おおえのきんより》と再婚後、相模国へと赴き、任期が果てて都へ戻り、再び女房として出仕を果たした頃からである。だが、長元元年（一〇二八）から、同三年（一〇三〇）の間には大江公資との仲も不和となり、結局破綻《はたん》する。公資が次の赴任地、*遠江国《とおとうみのくに》に守《かみ》として赴く折には、他の女性を伴っている。この歌は、その時、公資に贈ったもの。

「あふさかの関」は、現在の滋賀県大津市南方の逢坂山にあった関所。東国へ下る場合には必ず通過する場所であった。「あふ」という音から、「逢ふ」を掛けて用いられる場合が多い。ここでは、「心はかよはねど」とあることから、一緒に行きたいとは思わない、つまり、二人の仲をもとに戻そうなどとは思わないと強弁しながら、嫌々《いやいや》下ったはずの東路が恋しいと詠うのは、そこで暮らした時間、つまり、夫婦間がいまだ良好だった頃のことが恋しいからに他ならない。

「東路」とは、本来、都から＊東国《とうごく》に向かう街道を言うが、終点の東国自体を意味することもある。この歌では、「見し東路」とあることから、公資と相模が下った相模国、現在の神奈川県を意味している。

相模国に下る折には自分を伴ったのに、今度は別の女性を伴うという事実を、やはり穏やかに認めることはできないのであろう。二人の関係修復を願うわけではないのだろうが、失った過去に対する愛惜《あいせき》の念がほの見える一首である。

ました時、忘れられたので、別の女を連れて下ったと聞いて遣わした歌〕

＊遠江国—現在の静岡県。

＊東国—古くは遠江国以東を指すが、後には足柄以東、東北地方までをいう。

33

あきはててあとの煙は見えねども思ひさまさむかたのなきかな

【出典】流布本相模集・一九〇

呆《あき》れ果て、その後の煙は（もう）見えないけれど、（この悔しい）思いを冷ます手段がないことです。

詞書にある「はかなきことにむつかりし人」とは、おそらく、夫である大江公資《おおえのきんより》であろう。最初は些細《ささい》な行き違いによる夫婦喧嘩であっただろうに、夫の怒りは収まるところを知らない。とうとうその矛先《ほこさき》は物へ、しかも、妻が大事にしていた物語や歌集などへと向けられることとなった。持っていた限りのものをすべて探し出して、焼いてしまったのだ。

平安時代でも、和歌や物語に拘泥《こうでい》することをよく思わない人もいる。それ

【詞書】はかなきことにむつかりし人、あやにくに、物語、歌などありける限りあさり出でてみな焼きてしを、せむかたなくて嘆く頃、近くて聞く人の、「いかにぞ」と言ひたりしかば

〔ちょっとしたことに機嫌を悪くした人は、困っ

は公資一人ではない。『源氏物語』帚木《ははきぎ》巻では、女性たちを品定めして論じた、その纏《まと》めともいえる場面に、「*歌詠むと思へる人」に困るという発言が見える。また、『*更級日記《さらしなにっき》』中でも、「*よしなき物語、歌」に傾倒していたことを悔《くや》む気持ちが記されている。

公資の行動は、平安時代に雅《みやび》なイメージだけを持つ人にとっては驚くようなものであろう。が、怒りの感情は、いつの時代でも変わらずに人間の内部に存在する。「キレる」「プッツンする」などという語自体はごく最近に生まれたものではあるが、平安時代に生きた人々も当然ながら激怒することもあった。その原因がいかに些細なものであったとしても、何かをきっかけに一旦燃え上がった怒りの感情を制御できない人も、また、時も、ある。

この一件の後、公資自身、後悔したか、それとも、遅かれ早かれこのようなことになったのだと開き直ったのかは分からない。だが、この歌にあるように、仲直りの手段はなかなか見つからなかったようだ。

たことに、物語、歌などあったものすべてを探し出して、みな焼いてしまったのをどうしようもなくて嘆いていた頃、近くで聞いた人が、「どうしていますか」と言ったので詠んだ歌」

*歌詠むと思へる人—（自分を）歌詠みと思っている人。

*更級日記—十一世紀半ば頃に菅原孝標女《すがわらのたかすえのむすめ》によって書かれた日記。

*よしなき—くだらない。

34 いとはしき我が命さへゆく人の帰らんまでと惜しくなりぬる

【出典】後拾遺和歌集・別・四七五

（捨ててしまいたいくらい）煩わしい我が命までも、（対馬へ）行く人が帰るだろう（時）までは（捨てずに待ってみようか）……と、惜しくなることだ。

＊大江嘉言《おおえのよしとき》が対馬守《つしまのかみ》となった寛弘六年（一〇〇九）に、それを見送る人に頼まれ、代わりに詠じた歌。年代の明らかな相模詠としては、もっとも古い作である。

平安時代の貴族たちは様々な折に和歌を詠む。また詠む必要があった。多くの人々はある程度詠めたようだが、やはり不得手《ふえて》な人もいた。また、多少は詠めても、やはり公式な場や折には、つてを頼って上手な人に代わりに詠んで

【詞書】嘉言、対馬になりて下り侍けるに、人にかはりてつかはしける
（嘉言対馬（守）になって下ります折に、（ある）人に代わって遣わした歌）

＊大江嘉言―平安中期の歌人。

もらうことも多かった。この歌の詠まれた頃、相模は歌人としてさほど評判が高かったわけではないので、おそらく近しい人物から頼まれたのに違いない。

相模はこの時十八歳程度とされ、＊橘《たちばなの》則長《のりなが》と婚姻関係にあった頃に重なる。このため、「いとはしき我が命」という、厭世観漂う表現は、二人の不仲が無意識に影をおとしたものと解されてもいる。だが、守《かみ》として地方へ下り、任期を満了して京へ帰り来ることは、現代では考えられないほどの苦労と困難を伴う。任地で没する人も多かった。清少納言《せいしょうなごん》の父も、＊紫式部《むらさきしきぶ》の父も、任地で亡くなっている。かなり後年のことだが、則長も越中守《えっちゅうのかみ》として任地で没したという。当時、地方へ下る折には再会を期しながらも、二度と会えない可能性が高いことを意識して別れずにはいられなかった。

その思いを、当時の典型的な詠みぶりに従って、我が命を引き合いに出して詠んだものと素直に解したい。この歌の不吉な予感が的中したものでもあるまいが、実は、嘉言は、対馬で亡くなった。『新古今集《しんこきんしゅう》』には、「＊大江嘉言、対馬になりて下るとて、難波堀江の葦《あし》のうら葉にとよみて下りにけるほどに、国にて亡くなりにけりと聞きて」という詞書をもつ能因の哀悼《あいとう》の一首が見える。

中古歌仙三十六人の一人。『嘉言集』がある。

＊対馬―現在の長崎県。

＊橘則長―天元五年（九八二）～長元七年（一〇三四）。平安中期の官人。母は清少納言。

＊紫式部―平安中期の文学者。藤原為時《ふじわらのためとき》の娘。『源氏物語』『紫式部日記』の作者。

＊大江嘉言……―大江嘉言が、対馬（守）になって下るということで、「難波堀江の葦のうら葉に」と（いう歌を）詠んで下ったところ、（かの）国でなくなったと聞いて詠んだ歌。（新古今集・哀傷・八三一・能因）

35

時しもあれ春のなかばにあやまたぬ夜半《よは》の煙《けぶり》はうたがひもなし

【出典】後拾遺和歌集・哀傷・五四七

時も時、春の半ば（の二月十五日、釈迦入滅の日）に、間違いなく夜半の（火葬の）煙（となった宮様の成仏）は、疑いようもないことです。

相模国から帰京した後、「相模」の名で出仕した先は、一条帝皇后*藤原定子《ふじわらのていし》の遺児、入道一品宮《にゅうどういっぴんのみや》*脩子内親王《しゅうしないしんのう》の在所であった。脩子はすでに万寿元年（一〇二四）に出家を果たし、この時は叔父*隆家《たかいえ》の庇護下にあった。その脩子が永承四年（一〇四九）二月七日に没した。

この歌は、火葬後の二月十五日に、*小侍従命婦《こじじゅうのみょうぶ》がよこした「いにしへの*たきぎも今日の君がよもつきはてぬるをみるぞ悲しき」に、返歌したもの。

*藤原定子―貞元元年（九七六）～長保二年（一〇〇〇）。中関白藤原道隆の娘。
*脩子内親王―長徳二年（九九六）～永承四年（一〇四九）。一条天皇第一皇女。
*隆家―天元二年（九七九）～寛徳元年（一〇四四）。中関白藤原道隆の息。
*小侍従命婦―平安時代中期

折しもこの日は、仏教の開祖である釈迦《しゃか》が入滅《にゅうめつ》した日であり、それを意識した贈答である。

相模は、先達《せんだつ》の和歌をよく勉強している。字余りの「時しもあれ」は、かなり印象的な歌句だが、実は、有名な歌「*時しもあれ秋やは人の別るべきあるを見るだにこひしきものを」の初句を借りている。この歌は、『古今集《こきんしゅう》』において、人の死が秋という季節と密接にかかわっていることを示す代表的な一首でもある。また、『源氏物語』でもしばしば秋という季節を背景として、人の死や追悼の念が語られ、この歌が利用されてもいる。ここでもこの歌の世界を読み手に想起させておいて、実際の季節に合わせて「春」を連接させたもの。

「夜半の煙」は、*花山院《かざんいん》の「*旅の空夜半の煙とのぼりなば海人《あま》の藻塩火《もしほび》焚くかとや見ん」が先例。これには、「*熊野の道にて御心地例ならずおぼされけるに海人の塩焼きけるを御覧じて」という詞書があり、熊野権現に詣でる途中で、海人の焚く火の煙と葬送の煙とを重ねて詠んだものと分かる。相模の歌もそれに倣《なら》い、宮への追悼の念を詠んでいる。

の歌人。藤原正光女。脩子内親王家女房。

*いにしへの…―（釈迦が入滅した日で）いにしえに薪が尽きた日、今日、宮様の命も尽き果ててしまったのを見るのは悲しいことです。（後拾遺集・哀傷・五四六）

*時しもあれ…―時も時、秋に人と（死に）別れていいだろうか。生きている人を見るのさえ、恋しい（もの悲しい季節である）のに。（哀傷・八三九・壬生忠岑）

*花山院―第六十五代天皇。安和元年（九六八）〜寛弘五年（一〇〇八）。

*旅の空…―旅の空で（火葬され）夜半の煙となって立ち上ったならば、（知らない人は）海人が藻塩を焚く火だと見るのだろうか。（後拾遺集・羇旅・五〇三）

*熊野の道にて…―熊野への道で、ご気分が普通ではなく思われた折に、海人が藻塩を焼くのを御覧になって（詠んだ歌）。

36

さして来《こ》し日向《ひなた》の山を頼むには目もあきらかに見えざらめやは

【出典】異本相模集・五二五

目指して来た日向山（の薬師様）を頼みにすれば、目も開いて見えないことがありましょうか（きっとはっきり見えることでしょう）。

【詞書】目にわづらふことありて、日向といふ寺にこもりて、薬師経などよませしついでに、出でし日、柱にかきつけし

〔目を患うことがあって、日向という寺に籠もって、薬師経などを読ませた折に、寺から出る日、

神奈川県伊勢原市にあり、現在も「日向薬師《ひなたやくし》」の名で親しまれているこの寺は、霊亀二年（七一六）、＊行基《ぎようき》が開いたと伝えられる宝城坊《ほうじようぼう》。明治初期に廃《はい》仏毀釈《ぶつきしやく》により廃絶したが、現在は日向山霊山寺の別当坊となっている。＊元《げん》正天皇《しようてんのう》により勅願寺となった。暦応三年（一三四〇）の銅鐘銘によれば、天暦六年（九五二）に＊村上天皇が大鐘《おおがね》を寄進。また、＊一条天皇が勅額を下賜《かし》するなど、東国にありながら、天皇家の帰依《きえ》が篤かった。本尊は、薬師如来および

日光・月光菩薩像の薬師三尊で重要文化財。*鉈彫《なたぼり》の早期のものとして名高い。
詞書によれば、目を患って参籠《さんろう》したものだが、家集には、この後も、また帰京後も目に関する記述は見えない。一時的なものか、あるいは老眼の類《たぐい》だろうか。
現在、寺の周囲はハイキングコースとなっているが、当時、詣でるのには困難を極めたはずだ。相模は、静岡県熱海市の伊豆山にある神社にも*「心にもあらで東路へ下りしに、かかるついでにゆかしき所見む」と参詣している。この歌で詠う眼病も、あるいは、参籠《さんろう》するための口実に近いものだろうか。寺社詣は、平安時代の女性たちにとって遠出ができる唯一の娯楽であった。
平安時代は、病を治す有効な手段に乏しく、神仏の加護を求めて加持祈禱《かじきとう》を受けるのがせいぜいであった。自邸に僧侶などを招くことができるのは、ごく一握りの人々で、一般の貴族は、寺などに籠って神仏に祈るのが普通である。
寺から帰るに際して、柱に書き付けたのが当歌で、現在も宝城坊の庭に歌碑となって建つ。「射して」「明らかに」は「日向」の「日」の縁語。

柱に書き付けた歌〉

*行基―天智天皇七年（六六八）～天平二十一年（七四九）。僧。架橋などの社会事業により民衆の支持を集めた。後年、聖武天皇の帰依を受ける。

*元正天皇―天武天皇八年（六八〇）～天平二十年（七四八）。第四十四代天皇で女帝。父は草壁皇子《くさかべのおうじ》、母は元明《げんめい》天皇。

*村上天皇―延長四年（九二六）～康保四年（九六七）。第六十二代天皇。醍醐天皇の皇子。

*一条天皇―天元三年（九八〇）～寛弘八年（一〇一一）。第六十六代天皇。円融天皇の第一皇子。

*鉈彫―鉈を用いた、または鉈を用いたかのような荒削りの、彫刻の技法。

*心にも…―不本意にも東国へ下ったので、このような折に見たいところを見よう。

37

氏《うじ》を継ぎ門《かど》を広めて今年より富《とみ》の入り来る宿と言はせよ

【出典】流布本相模集・二八五

（この大江家の）一族を継承し、（繁栄させて）門を広げ、今年から富が入ってくる家と言わせよう。

あまりにも現実的で俗な願いを詠《よ》んでおり、ある意味、衝撃的でさえある。思わず人間の本音が出たともみたいところだが、そうとばかりはいえない。というのは、この当時、「言祝《ことほ》ぎ」が様々な場面で行われていたからだ。『蜻蛉日記《かげろうにつき》』にも正月に言祝ぎをしている様子が描かれている。「言祝ぎ」とは、祝意を言葉にして祝うことで、現代にも継承されている。たとえば、結婚披露宴で過剰に新郎新婦を褒めちぎるのも、もとを辿れば、この「言祝ぎ」という慣習から出たものであろう。不吉な言葉を嫌う「忌み言葉」と対《つい》をなす概念でもある。

この歌は、走湯権現《はしりゆごんげん》とも呼ばれる伊豆山《*いずさん》神社に奉納された百首歌の中に位置するもの。大袈裟な表現の背景には、神に対する願いごとは、大きければ大きいほど良いという考えがあったからでもある。

一方、富を願うというのは、まったくの建前のみとも言い難い。再婚した公資《きんより》の大江氏は、もともと相模の母方の縁続きでもあり、藤原道長*に繋がりを持つ身分の高い人々に仕えていた家柄。二人は、受領《ずりょう》層の中でも、家格が高い一族に属する者同士である。そのため、相模にとっても、大江氏の興隆は強く望むところであった。

相模が再婚した折、公資にはすでに妻子がいた。相模国に下るに際して、相模を伴ったのは愛情が深い証《あかし》であるが、それが永遠に続くという保証はない。この歌には、妻としての不動の地位を得たい、そのために当家の繁栄をと願う思いもあったものだろう。だが、願いも空しく、この後、二人の仲は破局する。公資は次の任国遠江には、32にあったように、別の女性を伴ったのである。

＊伊豆山神社―現在の静岡県熱海市伊豆山にある神社。

＊藤原道長―康保三年（九六六）〜万寿四年（一〇二七）。娘三人を立后させて、摂政となって政権を独占。藤原氏全盛の時代を生み出した。

38

薫物《たきもの》のこを得むとのみ思ふかなひとりある身の心ぼそさに

【出典】流布本相模集・二九一

（薫物の籠《こ》ではなく）子を得たいとばかり思うことよ。独りのわが身の心細さのゆえに。

この歌は、いわゆる「走湯権現奉納百首《はしりゆごんげんほうのうひゃくしゅ》」の一首で、「子をねがふ」という項目名のもとで詠まれたもの。この百首歌自体が、公資《きんより》の子を授かりたいと願ったもので、それはかなり切実な願いであった。当時、妻としての大きな役目は、子を儲けることであったからだ。

再婚した折、公資にはすでに妻があったが、相模が任国（相模国）に伴われたことからしても、当時、愛情はこちらに分《ぶ》があったものであろう。だ

＊走湯権現奉納百首―伊豆山神社に奉納された百首歌。

が、それをさらに強固なものとするためには、なんとしても二人の間に、愛の結晶が欲しかったのだろう。

しかし、そればかりでない。万が一夫との間に不和が生じても、子があれば、晩年の面倒を見てくれると期待したからでもある。夫のいない女性には、男兄弟や子などが後見役を務めるのがこの当時のつねであった。しかし、相模には、兄弟や、日常親しく交わっていた親族は、ほとんどいなかったらしい。下句に「ひとりある身の心ぼそさ」とあるのは、そのような彼女の境遇も反映しているのであろう。子宝を得たいのは、前述したようなことが大きな理由だろうが、加えて、血の繋がった者の存在を希求する思いも強かったのだろう。『蜻蛉《かげろう》日記』の作者道綱の母は、道綱という子を生《な》しながらも、老後が心細いこともあって養女を迎えてもいる。

初句「薫物」は主に練り香《こう》のこと。香をたいて楽しむだけでなく、「こ」と呼ばれる「籠《かご》」を香炉の上に伏せて、衣類に香りを移したりもした。そのため、「薫物の」で、「籠《こ》」を導き、「子」の意を掛ける。さらに、薫物の縁語で、香炉の意である「火取り」に、「一人」を掛けている。

39

光あらむ玉の男子《をのこご》得てしがな搔《か》き撫《な》でつつもおほし立つべく

【出典】流布本相模集・二九四

（権現のご威光により我が家に）光り輝くような玉の男の子を得たいものです。きっと、撫でて撫でて（可愛がって大切に）養い育てます。

この歌も、「走湯《はしりゆ》権現《ごんげん》奉納《ほうのう》百首《ひゃくしゅ》」の「子をねがふ」中の一首である。「光」には、権現の威光の意と、一家に生まれた男子が、様々なものを輝かせるだろう意とを掛ける。跡継ぎの男子の誕生は、相模の妻としての地位を約束し、大江家の将来も明るいものにするはずであったからだ。

「光」は、『竹取物語』ではかぐや姫に、『源氏物語』でも光源氏に用いられるように、平安時代にあっては、最高の誉め言葉の一つ。「玉」も、完全なものに被《かぶ》せられる語。

「掻き撫で」は、手で優しく撫でる様《さま》から、大切に愛情を注いで養育する意にも用いる。特にここでは、「つつ」と、それを何度も繰り返す意の接続助詞が付いて、その意を強調する。これにより、どんなに慈《いつく》しむかを切々と訴える哀切な思いが痛いほど伝わってくる。だが、このような願いも空しく、結局相模は「玉の男子」を得ることはできなかった。

相模が先達《せんだつ》として仰いだ歌人、和泉式部が、敦道《あつみち》親王との間に授かった*岩蔵宮《いわくらのみや》の出家時に詠んだ、「*掻き撫でておほしし髪のすぢごとになり果てぬるを見るぞ悲しき」という一首がある。我が子の出家に涙する、母親の哀切な思いの和泉詠を、この相模の歌も十分に意識しているようだ。それほど、相模の思いには、切羽詰まったものがあったに違いない。相模の歌としては珍しく素直な心情が、そのまま表現されている作でもある。

*岩蔵宮―寛弘三年（一〇〇六）頃出生、永保元年（一〇八一）頃没。出家して永覚となり、大雲寺に身を寄せた。
*掻き撫でて…―掻き撫でて（大切に）育てた髪の一筋、一筋が（剃り落とされて）このようになったのを見るのは悲しいことです。（和泉式部集・四九〇）

40

野飼《が》はねど荒れゆく駒をいかがせん森の下草《したくさ》さかりならねば

【出典】後拾遺和歌集・雑一・八八一

放ち飼いではないが（私から）離れていく馬をどうしたらいいでしょう。森の下草は盛りでもない（し、私ももう年なの）ので。

【詞書】男のもとより「けはひの変はりたるはいかに、今はまゐるまじきか」と言ひにおこせて侍ければ（男の元から、「（あなたの）様子が変わったのはどうしたの、もう伺ってはいけませんか」と言いによこしましたので詠ん

詞書によれば、恋人関係にあった男が、相模の態度が変化したと感じて寄越したのに、返した歌。二句目の「荒れ」は、荒れるの意。この場合は、馬が野生化していく様《さま》を言う。野で飼ったため、野生化してなつかなくなった様を詠んだ先行歌としては、「*陸奥《みちのく》のをぶちの駒も野がふにはあれこそまされ懐《なつ》くものかは」がある。

「駒」の語源は「子馬《こま》」で、『万葉集《まんようしゅう》』から用例が見られる。『古今集《こきんしゅう》』で

は詞書に「馬」、歌中では「駒」を用いて区別するが、『*後撰集《ごせんしゅう》』以後は、歌中にも「馬」が見える。駒は男性を譬える際によく用いられ、特に血気盛んな様を匂わせる場合が多い。相模詠にも、関係のあった男性を「駒」に譬えたものがこの他にも複数ある。

下句は、「*大荒木《おほあらき》の森の下草おいぬれば駒もすさめずかる人もなし」を踏まえ、自身が若くないことを暗示したもの。相手の男性が「けはひ変はりたる」と感じたのは、相模がむげに対応したためであろう。相模はみずから、女盛りは過ぎたからと断ったことになる。だが、少なくとも二人の間にはそれなりの交際期間があったようで、なぜ今更年齢を持ち出したのかは不明。まるで男の方から離れていくかのような詠みぶりだが、実際は相模の方で嫌《いや》気《け》がさしたのではあるまいか。断るための口実として年齢を引き合いに出したものであろう。夫公資も恋人定頼も相模よりは年上で、彼らにあてた歌ではないようだが、相手の人物は特定できない。

だ歌）

*陸奥の…—陸奥のおぶちの駒も野飼いをしたら荒れまさって、懐くものでしょうか（懐いたりはしません）。（後撰集・雑四・一二五二・読み人しらず）

*後撰集—第二勅撰和歌集。成立年は不詳。下命は、村上天皇。撰者は、梨壺の五人と呼ばれる、大中臣能宣、清原元輔、源順、紀時文、坂上望城。

*大荒木の…—大荒木の森の下草が（生《お》いると同音の）老いたので、馬も嫌がって（食べないし、好んで）刈る人もいない。（古今集・雑上・八九二・読み人知らず）

41

東路《あづまぢ》のそのはらからは来たりともあふ坂までは来《こ》さじとぞ思ふ

【出典】後拾遺和歌集・雑二・九四一

（遠路はるばる）東国の園原から兄妹（と呼び合う仲）のあなたが来たとしても、逢坂の関を越えて、お逢いすることはしまいと思います。

【詞書】「はらからなどいはむ」といふ人の、「しのびて来む」と言ひたる返りごとに

〔「はらから」などと言おうという人が「こっそりとそちらに行こう」と言った返事に詠んだ歌〕

「園原《そのはら》から」の一部に「腹から」が掛けられている。「腹から」とは、同じ腹から出たことで、本来同母の兄弟姉妹のみを意味していたが、異腹の兄弟姉妹にも援用した。しかし、この二人は、詞書に「はらからなどいはむ」とあるように、そう名告《なの》ろうと示し合わせたもので、実際には血縁関係にない。つまり、兄妹（あるいは姉弟）のようなものと公言して親しく交際していたのであろう。

『枕草子《まくらのそうし》』の「頭中将《とうのちゅうじょう》の」の段にも、「いもうとせうと（兄妹）」と呼び合っていた清少納言《せいしょうなごん》と＊橘則光《たちばなののりみつ》が登場している。何らかの事情で、恋人ではなく、友人としての交際であると、世間的に認知してほしいということらしい。

この歌も、「はらから」と言い合って交際していたはずの男が、「こっそり行くよ」と言ってよこす。「しのびて」とは人目を忍ぶ意であるが、ここではもう少し深い、別のニュアンスを込めている。つまり、今までとは違い、恋人として付き合いたい気持ちを表わしたもののようだ。もちろん受け取った方もそれに気付いた。そこで、わざわざお越しくださっても、逢瀬《おうせ》を持つ意などありませんと言いやったもの。「逢坂の関」は東国から都に入る際に必ず通らなければならない関で、逢瀬の意を掛けてよく用いられた。

「東路の園原《そのはら》」は、現在の長野県下伊那郡あたりの地名。園原には『源氏物語』の巻名ともなった「帚木《ははきぎ》」という不思議な木がある。それは、遠くから見ると帚《ほうき》を立てたように見えるが、近づくと消えてしまう。そこから、なかなか逢瀬を持ってくれない恋人の比喩としてよく用いられた。この歌では「園原」を出して、自分が帚木のようなものだと暗示してもいる。

＊橘則光―平安時代中期の官人。清少納言と親密な関係にあったという。

42

綱《つな》たえて離れ果てにし陸奥《みちのく》のをぶちの駒を昨日見しかな

【出典】後拾遺和歌集・雑二・九五四

綱が切れて離れ果ててしまった陸奥（産）の尾駮《おぶち》の駒（のようなあなた）を昨日見かけました。

相模の最初の結婚相手である橘則長《たちばなののりなが》に贈った数少ない和歌のうちの一首。流布本『相模集』の詞書には「*早う見し人の、馬にてあひたるに」とだけあるが、『後拾遺集《ごしゅういしゅう》』の詞書により、その相手が則長であると分かる。則長は、橘《たちばなののりみつ》則光の息子で、母は清少納言《せいしょうなごん》。

『後拾遺集』の詞書に従えば、この歌は、二人の関係が解消された後の、則光が陸奥守であった頃の詠ということになる。『*小右記《しょうゆうき》』の寛仁三年

【詞書】橘則長、父の陸奥の守にて侍りける頃、馬に乗りてまかり過ぎけるを見侍りて、男はさも知らざりければ、またの日つかはしける

（橘則長が、（その）父が陸奥守でありました頃、馬に乗って（私の前を）

（一〇二九）七月二十五日の条から、この頃則長は陸奥守であったことが判明する。相模は、すでに長和二、三年（一〇一三〜四）には大江公資と再婚していた。が、寛仁三年頃は、いまだ相模国へと下向してはいなかった。これはその当時の作ということになる。この頃、公資との仲は良好であったとされており、歌の内容も則長に対する未練というよりは、とっくに二人の関係は過去のものであるとの前提に立って詠じている。もちろんまったく関心がなければ、わざわざ「お見かけしました」などと歌を詠んでやる必要もない。この歌に対して則長は、「*そのかみも忘れぬものを蔓斑《つるぶち》の駒かならずもあひみけるかな」と、未練めいた歌を返している。だが、則長にもさほど未練があったとは思われない。別れた男女の、お洒落な大人の贈答と解しておきたい。『蜻蛉日記《かげろうにっき》』の天延元年（九七三）三月にも、すでに離縁状態であった夫の兼家を、石清水《いわしみず》八幡宮の臨時祭の行列中に眺める印象的な記事がある。祭の後、兼家も道綱母に手紙を贈っている。別れても、何かの折には挨拶を交わすのが、狭い貴族社会での礼儀でもあったのだろう。

通り過ぎたのを見まして、男の方はそのようには知らなかったので、別の日に遣わした歌〕

*早う見し人の…—かつて親しかった人が、馬に（乗っているの）にあったので（詠んだ歌）。（流布本相模集・一一二）

*小右記—12参照。

*そのかみも…—（あなたとは違って）大昔のことも忘れないので、蔓斑の（毛並みの）馬（であるあなた）に間違いなくお会いできたのですね。（流布本相模集・一一三）

43

見し月の光なしとや嘆くらん隔つる雲に時雨《しぐれ》のみして

【出典】伊勢大輔集・一三二

（成順さまが亡くなり、あなたは以前に）見た月の光がない（ように感じられる）と嘆いていらっしゃるでしょうか。（月とあなたとを）隔てる雲のせいで、（あなたが流す涙の）時雨ばかりが降って。

伊勢大輔《いせのたいふ》の夫、高階成順《たかしなのなりのぶ》が亡くなった頃、相模が遣わした弔問の歌。成順の死は、『拾遺往生伝《しゅういおうじょうでん》』によれば、長久元年（一〇四〇）八月十四日。亡くなった人は、生前、月のように照らしてくれていただろうに、火葬され煙となって、空に立ち昇った。今はその煙は雲となり、月の姿を隠している。その雲を亡くなった人と見てあなたは涙を流し、それは時雨となって降り続いているのでしょうと詠んだもの。これに対し、大輔は、「*月影の雲隠

【詞書】入道が失せたる頃、時雨のせしに、相模
〔（出家して）入道（となった高階成順）が亡くなった頃、時雨がした折、相模が遣わした歌〕

*伊勢大輔―平安時代中期の歌人。大中臣輔親の娘。藤

れにしこの宿にあはれをそふるむら時雨かな」と返している。「むら時雨」の使用は、現存ではこの伊勢大輔歌が初期に属する。あえて珍しい語を用いたのは、歌人相模からの弔問であることに対する、配慮であろうか。

この歌は、相模の家集にはなく、*『伊勢大輔集《いせのたいふしゅう》』が所収する。大輔《たいふ》は、相模よりやや年上の女房歌人。一条天皇の中宮、*藤原彰子《ふじわらのしょうし》に出仕したばかりの二十歳前後の頃に、*「いにしへの奈良の都の八重桜けふここのへににほひぬるかな」と詠んで、鮮烈なデビューを飾った。宮廷での歌人としての実績も、相模の先輩格にあたる。『伊勢大輔集』には、これ以前にも、大輔の父、大中臣輔親《おおなかとみのすけちか》が亡くなった長暦《ちょうりゃく》二年（一〇三八）、*赤染衛門《あかぞめえもん》、相模らと交わした贈答が見える。赤染衛門は、大輔よりもさらに年上。二人とも相模と出仕先は異なるが、同時期に歌合などで競い合った仲でもあり、交流があった。

平安時代、貴族が亡くなると、鳥辺野《とりべの》（現在の京都市東山区の中央部から南方に広がっていた野）あたりで火葬するのが通例となっていた。『栄花物語』「鳥辺野」巻で亡くなった一条帝皇后藤原定子は土葬されたが、これは遺言に従ったもので例外。火葬の煙は空に立ち上り、雲・霞・霧となったと見るのは和歌の上では常道である。

原彰子に仕えた女房。

＊拾遺往生伝―三善為康撰。極楽往生を遂げた人々の伝記。天永二年（一一一一）頃成立か。

＊月影の…―月の光が雲に隠れてしまったこの家に（さらに）しみじみとした趣をそえる（ように、時々強く降っては止む、私の涙のような）時雨ですね。（伊勢大輔集・一三三）

＊藤原彰子―永延二年（九八八）～承保元年（一〇七四）。藤原道長の娘。一条天皇の中宮。

＊いにしへの…―昔の奈良の都の八重桜が、今日この（新しい都の）内裏に（美しく）咲き誇っていることです。（詞花集・春・二九）

＊赤染衛門―平安時代中期の歌人。源倫子《みなもとのりんし》、藤原彰子の母娘に仕えた女房。

44

いづくにか思ふことをも忍《しの》ぶべきくまなく見ゆる秋の夜《よ》の月

【出典】続後撰和歌集・秋中・三六六

―どこに（我が）思うことを隠せばいいのでしょう。一点の曇りもないように見える秋の夜の月の。―

【詞書】題知らず

この歌も、いわゆる「走湯権現奉納百首《はしりゆごんげんほうのう》」中の一首で、現在は、「季秋」のはじめに位置するが、本来は、「中秋」の五首目にあった。ここでの「秋の夜の月」は、中秋《ちゅうしゅう》の明月《めいげつ》を言う。一点の曇りもなく煌々《こうこう》と照る月のあまりの明るさによって、誰にも知られたくない悩みまでも照らし出されてしまいそうだと、途惑《とまど》いの思いを詠んだもの。

「くま」は「隈」で、もともとは曲がり角の意。これから、中心から遠いところや、光の当たらない場所を意味するようになり、さらに転じて、欠点や隠しごとの意にも用いられるようになった。ここでは、「くまなく見ゆる」で、隅々まで月光が届くさまをいい、本来は隠したい思い、忍びごとまでもあらわになってしまいそうであると詠うことで、月光の明澄《めいちょう》さをいったもの。

一時恋人関係にあった藤原定頼《ふじわらのさだより》にも「雲晴れて月明らかなりといふ題を」*という詞書を持つ、「見る人の心やそらになりぬらむくまなくすめる秋の夜の月」*の一首があり、下句《しものく》が類似している。結句に「秋の夜の月」を置くのは、『後拾遺集《ごしゅういしゅう》』あたりからさかんに用いられた詠み方である。この他にも相模と定頼の和歌には類似する表現や歌句などが指摘されていて、二人の恋愛に和歌が深く関わっていた様が窺《うかが》える。

この歌と定頼詠はどちらが先かは分からないが、『和泉式部日記《いずみしきぶにっき》』*中の、帥宮敦道親王《そちのみやあつみちしんのう》*の歌に「見るや君さ夜うちふけて山の端にくまなくすめる秋の夜の月」*がある。敦道詠が先行することからすれば、相模、定頼がともに影響を受けた可能性は高い。

*雲晴れて…雲が晴れて月が明るくなったという題を(詠んだ歌)。

*見る人の…―見る人の心が(うわの)空になってしまうでしょう。一点の曇りもなく(明るく)澄んでいる秋の夜の月(によって)。(定頼集・四三)

*和泉式部日記―和泉式部の書いた日記。

*帥宮―和泉式部と一時恋人関係にあった冷泉天皇の皇子。

*見るや君…―見ているでしょうか、君は。夜が更けて山の端に一点の曇りもなく(明るく)澄んでいる秋の夜の月を。(和泉式部日記・九二)

45

あとたえて人も分け来《こ》ぬ夏草のしげくもものを思ふころかな

【出典】新勅撰和歌集・雑一・一〇五八

（訪問者の足）跡も絶えて、（誰一人）人も分け入ってこないで夏草が繁るように、しきりにもの思いをする頃です。

この歌も、家集ではいわゆる「初事歌群《しょじ》」に属する一首。この歌群の詠歌は、その名のとおり、習作的な要素も強く、先行の歌人、特に、好忠《よしただ》はじめ、源重之《みなもとのしげゆき》・源順《みなもとのしたごう》・恵慶法師《えぎょうほうし》ら初期百首《*しょきひやくしゅ》歌人たちの和歌を丁寧に読み込み、勉強した痕が見て取れる。ただし、これは当歌群だけに見られるわけではない。先行歌を勉強し、それを継承・発展させたり、反転したりする手法は、特に初期定数歌*を詠んだ歌人たちに顕著に、そして積極的に見られる

【詞書】題知らず

*初期百首―曾禰好忠が創始した和歌のスタイル。
*初期定数歌―「定数歌」とは、あらかじめ歌数を決めて詠作したもの。「初期」とは、平安時代後期のものと区別することから付けられた。

傾向でもある。

たとえば、「*かれ果てむ後をば知らで夏草の深くも人の思ほゆるかな」と夏草の繁茂に託して恋心を詠じたのを受けて、「*かりにても思へばこそは夏草のしげれる中を分けつつも来れ」と、夏草の繁茂する中をわざわざ掻き分けてやってくる訪問者を期待する世界が提示される。さらに、「*見るままに庭の草葉はしげれども今はかりにも背なは来まさず」で、恋人の訪れがないことが明らかにされ、庭という限定が加えられたのを継承して、「*庭のままゆるゆる生ふる夏草を分けてばかりに来む人もがな」と、再度来訪者への期待が詠われる。相模のこの歌は、これらの経緯をおそらく熟知していて、訪問者への期待をまったく打ち消したところから詠み出したのだろう。

上三句は「しげく」を導くための序詞。「しげく」は夏草「繁し」と「しげく（しきりに）」の意の掛詞。夏草は初期定数歌の中で良く詠まれた歌材である。下句は、「*時鳥《ほととぎす》鳴きのみわたる夏山のしげくもものを思ふ頃かな」をそのまま借りたものである。

*かれ果てむ……―枯れ果ててしまう後のことを知らないで、夏草が深く繁るように、しきりにあの方のことが思われる頃です。（古今集・恋四・六八六・躬恒）

*かりにても……―（草を刈ると同音の）仮りにでも（私を）思うのならば、夏草が繁る中を掻き分けて来るでしょうに。（好忠集・一四〇）

*見るままに……―見るに任せて庭の草葉は繁るが、今は（その草を刈るために）仮りにもあの方はいらっしゃらない。（好忠集・九六）

*庭のまま……―庭一面、伸び放題の夏草を掻き分けるほどに（熱心に）来る人がほしい。（和泉式部集・一三三）

*時鳥……―時鳥が鳴きわたるだけの夏山が繁るように、（私も泣いて）しきりにものを思う頃です。（兼輔集・三二）

46

木の葉散る嵐の風の吹くころは涙さへこそおちまさりけれ

【出典】新勅撰和歌集・雑下・一一〇三

木の葉が散る嵐の風が吹く頃は、涙までもが（木の葉に負けずに）落ちまさることです。

この歌も、家集ではいわゆる「初事《しょじ》歌群」の一首で、『新勅撰集』の次の『*続後《しょくご》撰集《せんしゅう》』（冬・四六八）にも所載されている。勅撰和歌集に重複して所収されるのは珍しい。『続後撰集』では、ある程度編纂《へんさん》が終了した時点で、『新勅撰集』と重なる歌を外したのだが、この歌は除かれなかった。

この歌が相模の若い頃の作であることからすれば、「木の葉散る」という初句は、「*木の葉散る宿は聞きわくことぞなき時雨する夜も時雨せぬ夜も」

【詞書】冬歌よみ侍りけるに

*続後撰集―建長三年（一二五一）成立。下命は、後嵯峨上皇。撰者は、藤原為家。

*木の葉散る…―木の葉が散る家は（雨の音を）聞き分けることはない。時雨が降る夜も降らない夜も。（後拾遺集・冬・三八二）

に先行する。これは和歌六人党の一人、*源頼実《みなもとのよりざね》が、命に代えてもと秀歌を願い、得たという逸話を持つ一首で、名歌として知られる。頼実が相模歌の初句を借りた可能性が高い。「木の葉散る」という表現の背景には、『白氏《はくし》文集《ぶんしゅう》』の一節「葉声《ようせい》落雨ノ如シ」がある。だがそればかりではなく、寛平四年（八九二）頃催行の歌合で、すでに「*秋の夜の雨と聞こえて降りつるは風に散りつる紅葉なりけり」と詠われていた。また、落葉と涙を重ねた「*もみぢ葉やおつると思へど木枯らしの吹けば涙もとまらざりけり」は、この歌とよく似た発想で詠まれている和泉式部の作。

「嵐の風」は、『古今集《こきんしゅう》』に、「*逢坂の嵐の風は寒けれどゆくへしらねばわびつつぞ寝る」とあるように、荒々しく強い風を意味する。

静寂な中で落葉の音を聞くという趣向は、山里での草庵暮らしを想起させるもので、当時もてはやされた詠みぶり。頼実がその名を連ねた和歌六人党《わかろくにんとう》と呼ばれる人たちが好んで詠《よ》んだ世界でもある。当歌と趣向が同じで、後年に詠《えい》じられたことが明確な作としては、*源俊頼《みなもとのとしより》の「*木の葉のみ散るかと思ひし時雨には涙もたへぬものにぞありける」がある。

*源頼実―長和四年（一〇一五）〜寛徳元年（一〇四四）。家集『頼実集』がある。

*秋の夜の…―秋の夜の雨と聞こえて降っていたのは、風によって散っていた紅葉（の音）だったのですね。（寛平御時后宮歌合・九五）

*もみぢ葉や…―紅葉が散るのかと思っていたが、木枯らしが吹くと（なぜか）涙も止まらないものでした。（和泉式部続集・五二〇）

*逢坂の…―逢坂の（あたりに吹く）嵐の風は寒いけれど、（自分の）行く先も分からないので、（ここで）つらいけれども寝ることだ。（古今集・雑下・九八八・読み人しらず）

*源俊頼―天喜三年（一〇五五）?〜大治四年（一一二九）。源経信の息。金葉集の撰者。

*木の葉のみ…―木の葉ばかりが散るのかと思っていたが、時雨に涙も耐えられない（で散る）ものだったのですね。（千載集・冬・四一二）

47

埋《うづ》み火をよそにみるこそあはれなれ消ゆれば同じ灰となる身を

【出典】玉葉和歌集・雑一・二〇五六

埋み火を（自分とは）無関係のものとみるとは悲しいこと。消えてしまえば（埋み火と）同じように灰となる身を（だれでも持っているのに）。

【詞書】埋み火を

「埋み火」とは、灰の中に埋めてある炭火のこと。灰から取り出せば、炭がまっ赤に熾《お》きるが、灰に埋められていれば表面的にその火は見えない。その「火」からの連想で、ひそかな思いを詠じる恋歌や、世の中が思うようにならない不遇の身を詠む述懐歌《じゅっかいか》に用いられることが多い。灰との関わりで詠むのは相模が現存では初例。相模が、「埋み火」を詠んだこれ以外の二首は、「走湯権現奉納百首《はしりゅごんげんほうのうひゃくしゅ》」に見える。「走湯権現奉納百首」とは、相模が伊

＊述懐歌―心の中の苦悩を詠んだ歌。

豆山の走湯権現に百首歌を奉納したことから始まる。すると、権現から百首が返ってくる。もちろん権現が詠《えい》じるはずもなく、実際の詠者《えいしゃ》は、夫公資《きんより》であるとも、相模の自作自演ともされるが定説はない。最近、藤原定頼とする説も提出された。これを受け、再度相模が百首を奉納した。このため、全部で三種の百首が家集内に残っている。

平安時代、貴族層では、亡くなると火葬にするのが一般的であった。人間は死ねば焼かれて、灰となる。それに気付きもしないで、「埋み火」を自分とは無縁のものとして眺めるとはなんとまあと、その無邪気さを皮肉ったものか、傲慢さを揶揄《やゆ》したものか、真意は分からない。が、ある種背筋がぞっとなるような凄みが潜む一首でもある。

この歌は、家集では、いわゆる「初事歌群《しょじ》」に属する。多くは一気に詠まれたものとされるが、一部の和歌に後年改訂された可能性も指摘されており、この歌もそれを否定することはできない。青年期の厭世《えんせい》的気分が反映し、熱烈な恋心を自嘲的に眺めた一首と読むべきか、あるいは、家集に入れる際に手直しがなされ、熟年の思慮分別が入り込んだものであろうか。どう解釈するかは、読み手自身に委ねられているということになる。

48

憂《う》き世ぞと思ひ捨つれど命こそさすがに惜しきものにはありけれ

【出典】続千載和歌集・雑中・一八六五

憂き世だと（心の中ではとっくにこの世のことを）思い捨ててはいるが、命（を捨ててしまうの）は、さすがに惜しいものでした。

【詞書】題知らず

現世を「憂き世」と捉えるのは、当時の一般的な有り様。平安時代の人々は、この憂き世を厭《いと》い、出家の願望を口にすることが多い。たとえば、『源氏物語』では、紫の上が何度も出家を願うものの、なかなか光源氏の承諾が得られなかった。願望は持ちながら、様々なこの世のしがらみ、いわゆる「ほだし」によりそれを果たせないというのが、当時の人々の基本的な考え方であり、さらには建て前にもなっていた。

相模のこの歌では、この世に対する諦観の念をすでに持ってはいるものの、命まで捨てるのはやはり躊躇《ためら》われるという思いを詠んでいる。命が惜しいと詠うのは恋歌でよくみられる手法。先行するものとしては、「あひみずはいけらじとのみ思ふ身のさすがに惜しく人知れぬかな」*がある。また、「君がため惜しからざりし命さへ長くもがなと思ひぬるかな」*のように、結局は、我が命に対する執着というよりは、むしろこの世を捨てることは、恋する人に逢えなくなることでもあり、だからこそ命を捨てるのが惜しいと詠《うた》う。ただし、この歌自体は、恋とは無縁のようだ。

家集では、「走湯権現奉納百首《はしりゆごんげんほうのうひゃくしゅ》」中に位置し、「命を申す」*という項目名のもとにある。同項目の他歌も、明らかに長生きを願ったもので、『続千載集《しょくせんざいしゅう》』でも雑部《ぞうのぶ》に置かれている。以上からすると、この歌は、もともとは、長命を願って詠まれたものということになる。この歌の表現に通じる、「さすがに命惜しければ」という一節が、『古今集』中の長歌（雑躰・一〇〇三）にも見える。同じ一首中には、「老いず死なずの薬もが」と、不老不死の薬を願ってもいて、命に執着する意識が詠まれている。

＊あひみずは…―（あなたに）お逢いできなかったら生きられないとばかり思う身だが、さすがに（命は）惜しく、（あの）人に知られずに（恋心をもって生きて）おります。（貫之集・六五一）

＊君がため…―あなたのために、（今までは）惜しくはなかった（我が）命までも長くありたいと思ってしまうことです。（後拾遺集・恋二・六六九・藤原義孝）

＊命を申す―命について申し上げます（長生きできますように、お願いします）。

49

もろともに花を見るべき身ならねば心のみこそ空《そら》にみだるれ

【出典】範永集・一二八

（あなたと）一緒に花を見るべき（わが）身ではないので、（花が散り乱れているように、私の）心ばかりが空で乱れています。

*藤原範永《ふじわらののりなが》の家集に所収されている一首。『範永集』では、この歌の前に、「*相模の、久しう音もせざりしに、花の盛りになりにける頃」と詞書を持つ、「*花盛り身には心のそはねども絶えて音せぬ人はつらきを」という範永の一首を置く。二人には花見の約束でもあったもののようだが、その時期になったのに連絡もないと、範永が歌を贈ったのに対する相模の返歌がこれ。花見はできないと断りの返事をしたのだが、一緒に花を見るべき我が身ではあり

【詞書】返し

*藤原範永―平安時代中期の歌人。延久二年（一〇七〇）ごろ出家。『範永集』がある。

*相模の…―相模から、長い間音沙汰もなかったので、花が盛りになった頃に（詠んで贈った歌）。

ませんとは、不倫相手の物言いのようでもあり、意味深げだ。範永の生年は明らかではないが、相模よりもやや年少ながら、ほぼ同年代と推測されている。範永は、和歌六人党《わかろくにんとう》と称されるグループの一員で、相模はその歌人たちの指導的立場にあった。二人が恋愛関係にあった痕跡は辿れないが、連絡を取り合う間柄ではあったらしい。まったく恋愛関係には無いからこそ、相模はいかにも妖艶な歌を返せたのではないだろうか。大人同士が軽口を叩き合うような贈答と解したい。

『範永集』には他にも相模との贈答が見える。が、いずれの和歌も相模自身の家集には収められていない。このように、他の歌人の集などからその交際の痕が辿れる場合もある。『伊勢大輔集《いせのたいふしゅう》』にも「*相模が久しく音せざりしかば、木の葉に書きて」との詞書で、相模に贈った歌が所収されているものの、相模からの返歌はない。相模は、わりと筆不精であったのかもしれない。

平安時代に入ってから、桜に対する思い入れが強くなり、「花」と言えば、ほとんどの場合、桜を意味するのがつね。花見とはまさしく桜の花見であった。邸内に桜を植える場合もあったが、花見というと、やはり郊外へと繰り出して山桜を鑑賞していたようだ。

*花盛り……——花盛りで、(花に心を奪われて)我が身にも心は添わないけれど、まったく音信のない人は冷たいことだ。(範永集・一二七)

*相模が……——相模が久しく(私に)音信をしなかったので、木の葉に書いて(贈った歌)。(伊勢大輔集・四九)

50

難波《なには》人いそがぬたびの道ならばこやとばかりもいひはしてまし

【出典】流布本相模集・一八五

難波の人（能因）が急がぬ（この度の）旅の道ならば（お住まいのこやではありませんが）いらっしゃいとぐらいは言ったでしょうが（お急ぎなら仕方ありませんね）。

詞書の「津の国に住むこやの入道」とは、*能因法師《のういんほうし》のこと。能因は、俗名を橘《たちばなの》永愷《ながやす》と言い、永延二年（九八八）生まれ。出家したのは、長和二、三年（一〇一三〜四）頃で、親しかった女性の死が引き金になったと言われる。だが、背景には、父や養父の死、唐の詩人白楽天《はくらくてん》への憧憬や傾倒、官途への見切りなど様々な要因があったと推測されている。能因は、相模の再婚相手である大江公資《おおえのきんより》と早くから親交を結んでいた。それは、受領層の典型的なコースを

【詞書】津の国に住むこやの入道、歌物語などおほかたにいふ人なりけり、門《かど》の前をわたるとて、「急ぐことありてえまゐらず、何事か」といひたれば

〔津の国に住むこやの入道とは、歌物語などで世間一般にいう（あの）人

歩んでいた頃、つまり、＊文章生《もんじようのしよう》から＊文章得業生《もんじようとくごうしよう》に至るために大学で学んでいた時期だという。交流は生涯にわたった。その縁で、相模とも交友が始まったとするが、相模の前夫、橘則長《たちばなののりなが》と能因とは同族でもあり、公資との再婚以前から何らかの関わりがあった可能性も高い。

この相模の歌がいつ贈られたものかは分からないが、「歌物語などおほかたにいふ人」という記述や、詞書が公資に言及しないことからすれば、離縁後であろうか。

能因は、相模と同じく、和歌六人党の先達《せんだつ》として位置づけられる。軽口を叩き合うような両者の物言いからしても、二人が歌友として昵懇《じつこん》にしていた様《さま》が窺える。

津の国の「こや」は、現在の兵庫県の地名で、「昆陽」あるいは「児屋」の字をあてるが、いずれとも断定できない。ここでは「来や（いらっしゃい）」の意を掛けている。

である、門の前を通ると言って、「急ぐことがあるので、伺えません。何か」と言ったので詠んだ歌」

＊能因法師―永延二年（九八八）〜永承五年（一〇五〇）頃。藤原長能《ふじわらのながよし》を歌の師と仰いだ。歌学書『能因歌枕《のういんうたまくら》』、私撰集『玄々集《げんげんしゅう》』、自撰家集『能因法師集』がある。

＊文章生―大学寮《だいがくりよう》の学生のことで、漢文学や歴史を学んだ。

＊文章得業生―文章生を経て、試験に合格した、大学寮の最高課程に属する者のこと。定員は、二名。

歌人略伝

「相模」と呼ばれる女性の出自《しゅつじ》については、特に不明な点が多い。父としては源《みなもとの》頼光《よりみつ》を挙げ、養父とするのが通説だが、確証はない。母は、慶滋保章《よししげのやすあきら》の娘。正暦三年（九九二）頃誕生したとする説が有力である。

十代であった、寛弘年間（一〇〇四〜一〇一二）に、一時橘《たちばなの》則長《のりなが》と婚姻関係を結ぶ。「乙侍従《おとじじゅう》」という名で、藤原妍子《ふじわらのけんし》に出仕したのもこの頃とされている。

長和二、三年（一〇一三〜一四）頃に大江公資《おおえのきんより》と再婚。治安元年（一〇二一）、公資が相模守に任じられ、ともに相模国に下向した。この間に、日向薬師《ひなたやくし》や走湯権現《はしりゆごんげん》に出向いている。任期満了に伴い、万寿二年（一〇二五）に上京。この頃から夫と不仲となり、正室と離別した藤原定頼《ふじわらのさだより》との交際が始まった。だが、定頼との関係は数年で破局を迎える。入道一品宮脩子内親王《にゅうどういっぽんのみやしゅうしないしんのう》のもとに「相模」の名で出仕した時期は不明だが、帰京してから数年の間のことであろう。

公資とも長元元年（一〇二八）から三年の間に離縁に至っている。この失意を原動力として、長元七年頃までに、現在、流布本『相模集』と呼ばれている家集を編む。これが評判となり、翌八年、時の左大臣、藤原頼通《ふじわらのよりみち》が催した盛儀、「賀陽院水閣歌合《かやのいんのすいかくうたあわせ》」で華々しく宮廷歌壇にデビューする。以後、多数の歌合に出詠して、歌人として地歩を固め、和歌六人党と呼ばれた歌人集団にも先達として仰がれた。

没年も明らかではないが、康平四年（一〇六一）に行われた祐子内親王家歌合《ゆうしないしんのうのいえのうたあわせ》に出詠したのが最後の足跡である。時に七十歳。程なく没したものであろう。

略年譜

年号	西暦	年齢	相模の事跡	歴史事跡
天元　四年	九八一			この頃、橘則長誕生
正暦　三年	九九二	1	相模誕生か	
寛弘年間	一〇〇四～	13～	この頃一時橘則長と婚姻関係 妍子に宮仕え	
六年	一〇〇九	18	大江嘉言対馬守として下向の折代作（詠出年時の判明する最初の和歌）	
長和　二年～三年	一〇一三～一〇一四	22～23	この頃、大江公資と結婚	
治安　元年	一〇二一	30	夫公資が相模国の守に任命され、共に下向	源頼光没（68）
万寿　元年	一〇二四	33		脩子内親王出家
二年	一〇二五	34	相模国守の任期満了、共に上京 藤原定頼と交際開始	皇后宮子薨去のため固関

長元	元年〜三年	一〇二八〜一〇三〇	37〜39	入道一品宮脩子内親王に出仕 この頃大江公資と離縁か	公資、広経母を伴って遠江国へ下向
	七年	一〇三四	43	この頃自撰家集を編む	橘則長没
	八年	一〇三五	44	賀陽院水閣歌合に出詠	
長久	元年	一〇四〇	49		大江公資没
	二年	一〇四一	50	弘徽殿女御生子歌合に出詠 一宮脩子内親王歌合に出詠	
寛徳	二年	一〇四五	54		藤原定頼没
永承	三年	一〇四八	57	鷹司殿倫子百和香歌合に出詠 禖子内親王歌合に出詠	
	四年	一〇四九	58	内裏歌合に出詠	脩子内親王薨去
	五年	一〇五〇	59	前麗景殿女御延子歌絵合に出詠 祐子内親王家歌合に出詠	
	六年	一〇五一	60	内裏根合に出詠	
天喜	四年	一〇五六	65	皇后宮寛子春秋歌合に出詠	
康平	四年	一〇六一	70	祐子内親王各所歌合に出詠	

解説　「歌人「相模」」――武田早苗

長元八年（一〇三五）、時の左大臣、藤原頼通《ふじわらのよりみち》が催した盛儀「賀陽院水閣歌合《かやのいんのすいかくうたあわせ》」で相模の

　五月雨は美豆の御牧のまこも草刈り干すひまもあらじとぞ思ふ

が披露されると、「殿中鼓動《でんちゅうこどう》し、郭外《かくがい》に及」んだという。まさに歌人「相模」が、華々しく宮廷歌壇に登場した瞬間でもあった。これにより、一躍脚光を浴びた相模は、この後、歌合にたびたび招聘《しょうへい》されて、多数の和歌を詠んだ。

相模について語るにあたり、この逸話から紹介されることが多い。もちろん、誤りではないが、一見鮮やかに、宮廷の花形歌人として躍り出たように見える相模は、実はこの時すでに四十余歳。現代で言えば働き盛りであり、魅力をたたえた大人の女性とも言えようが、平安時代にあっては、中年というよりは、むしろ高齢に属する。当時の平均寿命は四十歳代とも五十歳程度とも言われているからだ。四十歳で、「四十《よそじ》の賀《が》」と称して長命の祝いをした時代でもあった。遅咲きというよりは、遅すぎるくらいでさえある。もちろん、実際にはこれ以後三十年近くに及び、歌合という表舞台で活躍し、歌人として堂々たる足跡を残しはした。だが、当然のことながら、この時、長命が保障されていたわけではない。

年時が判明する詠歌でもっとも早いのは十八歳（推定）の作。大江嘉言《おおえのよしとき》が対馬守として任国に下向するに際し、知人の代作をしたもの。その当時から数えると、デビューまで実に四半世紀。つまり二十五年もの長きにわたり、歌人としてさほど評価されないまま、相模は多数の作品を詠み溜めていたのである。その間、何を考えていただろう。

相模の家集

現代にあって歌を詠むことは非日常だが、平安時代、和歌を詠むことは日常的なことであった。相模が長年和歌に親しんだのも、中流の貴族の娘として生を受け、母方の、教養溢れる慶滋氏周辺で養育された者としては、ごくしぜんなことであっただろう。だが、残された家集は、いずれも単なる日常詠の集積ではない。現在残っている家集は、大別すると、次のように四種に分けられる。

（一）流布本　流布本相模集　五百九十七首

〈流布本の諸本間で、歌数は数首から十余首の違いがある〉

（二）異本A　異本相模集　三十首〈流布本との共有歌二首を含み、異本Bとの共有歌は二十二首〉

（三）異本B　思女集　二十八首〈流布本との共有歌はなく、異本Aとの共有歌は二十二首〉

（四）異本C　針切れ相模集　四十七首〈現在知られているのは古筆断簡十五葉。特有歌二十首・流布本との共有歌二十七首〉

異本A・異本Bはいずれも恋歌のみで構成されており、相互に共有歌も多いが、流布本との関係は異なっている。また異本Cは、流布本の、いわゆる「初事歌群《しょじかぐん》」（若い頃の習作とされ、現在六十五首が知られるものの、元は百首であったとも）と呼ばれる歌群が単独で流布した結果だと考えられている。ただし、流布本とは異なる歌、いわゆる特有歌を多数含み持っている。便宜的に「異本」と称するものの、断簡の形でのみ伝存している。このため、流布本「初事歌群」の草稿とする説、また、元は同一であったとする説など見方は複数ある。

四種の家集は共有歌などを含み持つものの、それぞれ別個に享受されていたらしく、その関係は大変複雑である。だが、三種の「異本」の原型は、流布本より先に成立したもののようだ。つまり、流布本『相模集』の原型は、簡単に言えば、相模自身の手による相模詠の集大成ということになる。

流布本の構成

流布本『相模集』の構成は、おおよそ次のごとくとされている。

①　序文
②　一番歌〜　四二番歌　題詠・連作歌群
③　四三番歌〜二二一番歌　日常詠歌群
④二二二番歌〜五九二番歌　百首歌群
⑤五九三番歌　長歌
⑥五九四番歌〜五九七番歌　後補歌

これらの中は、さらにいくつかの小歌群に分類される。③全体は「日常詠歌群」と名づけられてはいるが、単なる日常詠の雑纂《ざっさん》ではない。「物語風歌群」などと称される注目すべき小歌群を含む。夫大江公資がありながら、貴人藤原定頼と交際、破局に至った体験を、ある年の春から晩秋に凝縮して編纂《へんさん》し直したもので、冷泉天皇皇子の敦道親王と、和泉式部の、十ヶ月に及ぶ恋愛を記した日記である『和泉式部日記《いずみしきぶにっき》』を意識した創作性の高いものと評されている。

また、④には、相模国で過ごした最中に、伊豆山《いずさん》の走湯権現《はしりゆごんげん》に奉納した百首や、それに対する権現からの返しの百首、再度奉納した百首と、合計三百余首に及ぶ詠草もある。不可思議なのは権現からの返しの百首で、これは相模自身が詠んだとも、夫が詠んだとも言われ、定説はない。最近、藤原定頼作との新説も提出された。さらに、「これは、まことにいはけなかりし初《うひ》ごとに」という左注を持つ、いわゆる「初事歌群」と呼ばれる、かなり若い頃の習作も見える。

家集の編纂

相模が流布本『相模集』を編纂した直接の動機は、夫公資との破局にあるとするのが大方の見方である。だが、そればかりではないであろう。家集序文中に「人知れぬ形見ともなれかし」とあるように、歌人として最後の自己表現という思いもかなり強くあったのではないだろうか。

というのも、先にも述べたように、流布本『相模集』の編纂時点で、相模は四十代半ばにさしかかろうとしていた。宮仕えもせずに一生を終えたならば、歌人として認知されなかったとしても致し方ない。だが、相模は出仕もしており、当時の著名な歌人たちともそれなりに贈答を交わしてもいた。貴顕の人、藤原定頼との恋も体験した。そうであるにもかかわらず、世間からさほど注目されることはなかった。もちろん実力がなかったわけではないが、脚光を浴びる機会は訪れなかったのだ。

再婚した夫公資との長年ぐずついていた関係は、とうとう破局という結論を迎える。これにより、命の終わりをも意識しはじめた相模が、せめて歌人としての足跡を家集の形で残したい、そう思ったとしても不思議ではない。

相模は、若い頃から和泉式部という歌人にかなり傾倒していた節がある。和泉式部の家集冒頭に見える、いわゆる「和泉式部百首」は、若かりし頃の作である。相模も和泉式部のそれに倣い、若い頃に挑んだ「初事歌群」を始めとして、百首歌にも挑戦した。学びは、表現や言葉ばかりにとどまらない。作品を編纂する折の姿勢や手法などをも倣っており、和泉式部から多種多様な影響を受けたことが分かる。相模は和泉に対し憧憬にも似た思いを持っていたようだ。とすれば、それは、人生の歩みそのものにも向けられたかもしれない。

相模の初婚の相手である橘則長とのことはほとんど不明だが、再婚した藤原公資には、すでに妻がいた。『袋草紙《ふくろぞうし》』は、公資が大外記《だいげき》を望んだが、相模を懐に抱いて秀歌を詠み、公《く》事《じ》を疎かにすると反対が出て、任官できなかったという逸話を伝える。真偽のほどはおくとしても、それほど、結婚当初は情熱的に愛されたらしい。その後、相模国にも伴われ、妻として揺るぎない地位を確立したかに見えたものの、切望した子宝には恵まれなかった。あまりにも激しい情熱は冷めるのも早い。相模守の任期満了により帰京した頃には、夫婦間に亀裂が生じ始めていた。そこに現れたのが貴人藤原定頼である。家集の序文にも「木高きかげもやと頼みし折」とある。貴人定頼との恋に新たな希望を見出そうとしたのであろう。だが、それも長続きはしなかった。受領の妻としての幸いも、子宝も思いどおりにはならず、さらに定頼との恋もはかなく消えた。夢見た和泉式部にはなれないものの、せめてと望んだ小さな幸せは、すべて相模の前を通り過ぎていった。何もない相模の前に、書き溜めた歌稿だけが残っていた。

この時、母の従姉妹、賀茂保憲女《かものやすのりのむすめ》のことが頭をよぎったのかもしれない。相模の和歌には、この「いとこおば」の詠歌を意識した表現も見える。出仕もせず、ひっそりと生を終えた保憲女は、長文の序文を付した二百余首を有する家集を遺していた。その編纂も相模と同様、四十歳を超えた頃と想定されている。

表舞台での活躍

せめて生の証にと編んだはずの相模の家集は、藤原頼通の目にとまる。ちょうど頼通は、藤原道長の没後、新しい歌壇というものを模索していた頃であった。盛儀「賀陽院水閣歌合」の開催にあたり、頼通は、道長と昵懇《じっこん》であった和泉式部ではなく、大型新人、相模を大抜擢した。以後、歌合が頻繁に催される時流に乗り、一度人生の終焉を意識した相模は、歌人として歩み始める。多数の歌合に出詠《しゅつえい》の機会を得、「長久二年（一〇四一）弘徽殿女御《こきでんのにょうご》生子歌合」では、判定を不服として難判を提出している。これは、当時の常識からすると、瞠目《どうもく》に値する行為でもあった。後に、康資王母《やすすけおうのはは》が、いわゆる「筑前陳状《ちくぜんちんじょう》」と呼ばれる、難判を提出する、その先蹤《せんしょう》とも言えるだろう。

また、女性の恋歌を日常の場から解放し、作品として自立させた功績も大きい。以後、歌合という場で、女性の立場から題詠の恋歌が詠まれるのは、つねのこととなった。このように、新しい詠みぶりや、歌人としてのあり方を積極的に提示していく姿勢は、和歌六人党と呼ばれた若手の男性歌人たちからも先達《せんだつ》と仰がれた。和泉式部の模倣から始まった歌人人生を抜け出し、真の意味で、独自の世界を確立した相模は、三十年の長きにわたって、頼通歌壇を先導する。

読書案内

＊相模あるいは相模集に関する一般向けの書はない。そこで、相模に関する平易な論を所収する単行本を掲出することとしたが、一部専門的な著作にも言及した。

『王朝の歌人』和歌文学講座6　桜楓社　昭和四五年

王朝の歌人が十一人取り上げられ、その中に、歌人研究で名を馳せた杉崎重遠による「相模」の一章がある。

『平安歌人研究』臼田甚五郎　三弥井書店　昭和五一年

長い間幻の書であった『平安女流歌人』（青梧堂　昭和十八年）に初出の相模論を、著者の還暦の祝いを機に、他の歌人論とともに再編集されて復刻されたのが本書。昭和の時代をとおして親しまれてきた相模論。

『相模集全釈』武内はる恵・吉田ミスズ・林マリヤ　風間書房　平成三年

流布本相模集、異本相模集、思女集所収の和歌すべてに、通釈と語釈が付されており、相模詠を読む上で必見の書。武内相模論の集大成。解説は、家集のみにとどまらず、人生全般にもおよんでおり、この時点での研究の到達点を示している。

『王朝の和歌』和歌文学講座5　勉誠社　平成五年

本書でもその一部を掲出したが、森本元子の遺稿となった「相模―作品を通してみる人と生」が所収されている。私家集研究に生涯を捧げた森本が、穏やかな筆致の中にも実証的な要素をしのばせた相模論。

『平安時代後期和歌論』柏木由夫　風間書房　平成十二年

第二編「歌人研究」の第一章に「相模について―『相模集』六十五首歌群の意義―」と題して、「先行歌との関連」「初期百首歌との比較―歌枕・四季歌―」「相模集百首歌との関係、相模にとっての東国体験の意味」を所載する。第二章は、「藤原定頼年譜考」。

『平安　和歌と日記』　犬養　廉　笠間書院　平成十六年

長年、相模研究をリードしてきた著者だが、意外にも、相模に関するまとまった一書を持たない。この論集の中に、相模集に関する論考二編「相模に関する考察―いわゆる走湯百首をめぐって―」「走湯百首再論―物語時代の和歌―」を所載している。

『平安朝女の生き方　輝いた女性たち』　服藤早苗　小学館　平成十六年

平安朝の女性たちの生き方をテーマとした一書の、「第四章　人生の大きな転機となった旅」の中に、「相模―うたかたの国司の妻」がある。「美しい叙情歌・気の進まぬ結婚・相模への赴任・果敢な晩年」の順で、その人生を平易な文章で辿っている。

『和歌六人党とその時代』　高重久美　和泉書院　平成十七年

三部から構成されており、一の第三章「歌人相模」で、おもに能因との関係から相模を論じている。「慶滋氏相模と能因橘永愷」「摂津源氏相模と六人党」「夫大江公資・「はやう見し人」橘則長」の三本を所収する。

『古代後期和歌文学の研究』　近藤みゆき　風間書房　平成十七年

専門的だが、相模・相模集を考える上では必読の書。犬養・武内を継いで相模研究をリードしてきた著者の論文が一括して所収されている。相模の和歌・人生などが多角的に論じられ纏まっているのは本書のみ。

【付録エッセイ】

「うらみわび」の歌について

『王朝の和歌』和歌文学講座5（勉誠社　平成五年十二月）

森本　元子

うらみわびほさぬ袖だにあるものを恋に朽ちなむ名こそ惜しけれ

『百人一首』に入って有名なこの一首について、あらためて考えてみたい。

まず「うらみわび」という句が新しい。一首は、人をうらむだけ恨んで涙にぬれた袖は乾くまもない、それだけでもいやになるのに、この恋のために一生を棒にふって、名誉も何もすたれ朽ちてしまうとは、なんと残念なことか——という意に解される。恋に泣いた女の歌は古来数えつくせぬほどあるが、恋のために失う名を惜しんだ歌はめずらしい。

周防内侍の

春の夜の夢ばかりなる手枕にかひなくたたむ名こそ惜しけれ

も、「名こそ惜しけれ」と詠んでいる。しかし、名は名でも周防内侍の「かひなく立たむ名」に対し、相模の歌は「恋に朽ちなむ名」である。恋のために名がすたれることを残念に思う、という発想は、女の歌としてかつてなかったものである。

あれほど夫に大切にされ、そのなかで定頼のような人を恋い慕い、その人の心をひとたびはひきつけながら、ついにそのもとに走ることはせず、夫に去られてもその苦痛に耐えぬいた――そういう相模の恋の軌跡は、「恋」というものに対するたしかな自覚があり、その背景に、生きてゆく上の強い信念があったことを思わせて興味が尽きない。

そもそも恋に朽ちるとはどういうことなのだろうか。私たちはしばしば平安朝の女性に対し、恋に生き恋に死ぬことを至上のよろこびとしたように想像する。小町、伊勢、馬内侍、和泉式部、そういう人々に描く現代のわたしたちの憧憬やイメージは、まずは恋に対し自由であり奔放であった点に集中している。

しかし、相模の恋はそれとはすこしちがう。相模の恋には、みずからの情熱をわきからじっと凝視する別の心があり、それに夢中になることを欲しながら、一方ではそうなりきれぬ思いがある。自分を突き放して傍観する態度である。いわば行動する女の以前に、それを観察し描写する作家の心があって、自分を小説の主人公として扱う。そこに虚構が発生し、物語的世界がそれをカバーする。おもってはならぬ人を想っても、それをつらいと思う一方で、その思いを娯《たの》しむ心が揺曳している。

『相模集』には、体験を基盤としながら、それをいつの誰とのことと示すことなく語り、創作的に綴る歌群がいくつもある。走湯権現に因む百首歌三種の世界も発想の基底にはそれがのぞかれる。自分を小説の主人公として登場させ、恋を求め恋に泣く生活をさせながら、その女性のもつ高らかな生への志向は、その恋が単に女の哀しみや悲劇にとどまることを肯定しない。恋すらもそれによって高められるはずの人生がこの人の底にはある。

「うらみわび」の一首に託された、それがこの作者の思いだったのではないか。この歌を詠んだとき、作者はすでに六十歳になっていた。体験したわが恋も十分客観視することのできる年齢でもある。

ただしかし、この歌には恋を遠くに押しやったクールな思いはない。うらみわびて涙にぬれた袖は、現に目前にある、そんな感じもこの歌からは払拭できない。用語が適確で句法にたるみがなく、一首が堂々として強く張っているのである。

夫と別れ、孤獨になった相模が、歌壇に出て多くの年若い男性歌人とともに活躍したかげには、この一首が示す存在性のたしかな生の閲歴があったのである。摂関期の最後を飾る頼通歌壇にたちのぼる陽炎の中に、ひときわ濃い影をゆらめかせた、それが相模という女流であったとはいえないだろうか。

武田　早苗（たけだ・さなえ）
＊1960年神奈川県生。
＊横浜国立大学大学院修士課程修了。
＊現在　相模女子大学学芸学部教授。
＊主要著書
和歌文学大系20『賀茂保憲女集／赤染衛門集／清少納言集／紫式部集／藤三位集』（明治書院）、『日本の作家100人　和泉式部　人と文学』（勉誠出版）ほか。

相模《さがみ》　コレクション日本歌人選　009

2011年7月25日　初版第1刷発行

著者　武田　早苗
監修　和歌文学会

装幀　芦澤　泰偉
発行者　池田つや子
発行所　有限会社　笠間書院
東京都千代田区猿楽町2-2-3［〒101-0064］
NDC分類 911.08　電話　03-3295-1331　FAX 03-3294-0996

ISBN978-4-305-70609-6 印刷／製本：シナノ
乱丁・落丁本はお取り替えいたします。　（本文用紙：中性紙使用）
出版目録は上記住所または info@kasamashoin.co.jp まで。

コレクション日本歌人選　第Ⅰ期〜第Ⅲ期

＊印は既刊。

第Ⅰ期　20冊　2011年（平23）2月配本開始

1	柿本人麻呂＊	かきのもとのひとまろ	高松寿夫
2	山上憶良＊	やまのうえのおくら	辰巳正明
3	小野小町＊	おののこまち	大塚英子
4	在原業平＊	ありわらのなりひら	中野方子
5	紀貫之＊	きのつらゆき	田中登
6	和泉式部＊	いずみしきぶ	高木和子
7	清少納言＊	せいしょうなごん	圷美奈子
8	源氏物語の和歌＊	げんじものがたりのわか	高野晴代
9	相模＊	さがみ	武田早苗
10	式子内親王＊	しょくしないしんのう（しきしないしんのう）	平井啓子
11	藤原定家＊	ふじわらていか（さだいえ）	村尾誠一
12	伏見院＊	ふしみいん	阿尾あすか
13	兼好法師＊	けんこうほうし	丸山陽子
14	戦国武将の歌＊		綿抜豊昭
15	良寛＊	りょうかん	佐々木隆
16	香川景樹＊	かがわかげき	岡本聡
17	北原白秋＊	きたはらはくしゅう	國生雅子
18	斎藤茂吉＊	さいとうもきち	小倉真理子
19	塚本邦雄＊	つかもとくにお	島内景二
20	辞世の歌＊		松村雄二

第Ⅱ期　20冊　2011年（平23）9月配本開始

21	額田王と初期万葉歌人	ぬかたのおおきみ　しょきまんようかじん	梶川信行
22	伊勢	いせ	中島輝賢
23	忠岑と躬恒	みぶのただみね　おおしこうちのみつね	青木太朗
24	紫式部	むらさきしきぶ	植田恭代
25	西行	さいぎょう	橋本美香
26	今様	いまよう	植木朝子
27	飛鳥井雅経と藤原秀能	まさつね　ひでよし	稲葉美樹
28	藤原良経	ふじわらりょうけい（よしつね）	小山順子
29	後鳥羽院	ごとばいん	吉野朋美
30	二条為氏と為世	にじょうためうじ　ためよ	日比野浩信
31	永福門院	えいふくもんいん（ようふくもんいん）	小林守
32	頓阿	とんあ（とんな）	小林大輔
33	松永貞徳と烏丸光広	ていとく　みつひろ	高梨素子
34	細川幽斎	ほそかわゆうさい	加藤弓枝
35	芭蕉	ばしょう	伊藤善隆
36	石川啄木	いしかわたくぼく	河野有時
37	漱石の俳句・漢詩		神山睦美
38	若山牧水	わかやまぼくすい	見尾久美恵
39	与謝野晶子	よさのあきこ	入江春行
40	寺山修司	てらやましゅうじ	葉名尻竜一

第Ⅲ期　20冊　2012年（平24）5月配本開始

41	大伴旅人	おおとものたびと	中嶋真也
42	東歌・防人歌	あずまうた　さきもりか	近藤信義
43	大伴家持	おおとものやかもち	池田三枝子
44	菅原道真	すがわらみちざね	佐藤信一
45	能因	のういん	高重久美
46	源俊頼	みなもとしゅんらい（としより）	高野瀬恵子
47	源平の武将歌人		上宇都ゆりほ
48	鴨長明と寂蓮	ちょうめい　じゃくれん	小林一彦
49	俊成卿女と宮内卿	しゅんぜいきょうじょ　くないきょう	近藤香
50	源実朝	みなもとさねとも	三木麻子
51	藤原為家	ふじわらためいえ	佐藤恒雄
52	京極為兼	きょうごくためがね	石澤一志
53	正徹と心敬	しょうてつ　しんけい	伊藤伸江
54	三条西実隆	さんじょうにし　さねたか	豊田恵子
55	おもろさうし		島村幸一
56	木下長嘯子	きのした　ちょうしょうし	大内瑞恵
57	本居宣長	もとおりのりなが	山下久夫
58	正岡子規	まさおかしき	矢羽勝幸
59	僧侶の歌	そうりょのうた	小池一行
60	アイヌ叙事詩ユーカラ		篠原昌彦

『コレクション日本歌人選』編集委員（和歌文学会）

松村雄二（代表）・田中　登・稲田利徳・小池一行・長崎　健